BOKU NO TAIYOU
MICHI ichiho
Ushio TSUZUKI × Kei KUNIEDA
YES Ka NO Ka HANBUN Ka

▲「おうちのありか」カウントダウンイラスト

▶
「おうちのありか」の帯キャッチコピー
「きみが家路に迷ったら、今度はぼくが迎えに行こう。」
シチュエーションらくがき

◀
サイン会おみやげグッズ
コンパクトミラーカット

イエスかノーか半分か

OFF AIR

Yes Ka No Ka Hanbun Ka

一穂ミチ　竹美家らら

written by Michi Ichiho
illustrated by Lala Takemiya

OFF AIR

Yes Ka No Ka Hanbun Ka

CONTENTS

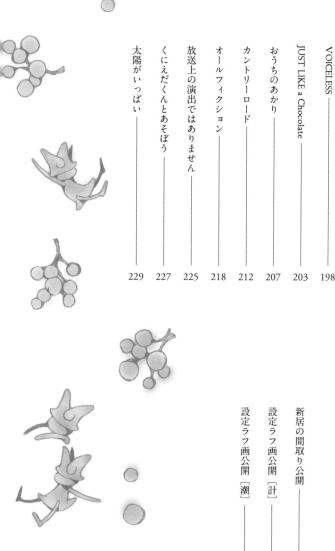

illustration 竹美家らら

熱帯ベッド

Nettai Bed

by Michi Ichiho

「部屋の湿度が常時七十%」はとある女優さんが
インタビューで仰ってましたが、
確かにうるうるつやつやぴかぴかの美肌でした。
国江田さんは顔の汗を制御できるとか、
そういう女優スキルもありそう。

初めて入る計《けい》の寝室は、空気がしっとり身体に寄り添ってくる感じがした。湿度をかなり高く設定しているというからそのせいかもしれない。潮《うしお》の家は、撮影機材や塗料《とりょう》の関係でどうしても湿気を避けざるを得ないから、ひどく新鮮だった。

室内にはベッドがひとつ、調度は本当にそれだけだ。クローゼットにも服は入っていないらしい。カビが生《は》えないよう、寝床はどこの壁にもくっついておらず、部屋の真ん中に置いてある。寝そべっていると、海に浮かぶ小島にいるような気がしてきた。そういえば子どもの時遊んだな、ベッドの下は海、サメがうようよいる設定の漂流ごっこ。

ごろ、と寝返りを打つと腰掛けている計の背中が見えた。さっきからずっと、何かの書類を読み込んでいる。

「何読んでんの」

「原稿」

「ここで読んでたら湿気でくたびれねえ？」

「あしたにはいらなくなるやつだから別にいい」

「仕事あんの？」

金曜日の夜だからと、気兼ねせずにお邪魔したのに。

「仕事つーか、バイト？　披露宴《ひろうえん》の司会」

「そんなこともやってんのか」

「たまに」

職場の関係者や知人（友人はいない）から頼まれて、お車代抜きで五〜十万程度のギャラを受け取る。厳密にいえば就業規定違反だが局のほうでも黙認しているのでアナウンサーにとってはちょっとした小遣い稼《かせ》ぎらしい。

「アナ部の先輩で断れねんだよ。向こう俺のスケジュール知ってるから、仕事理由に逃げられねえし――ちっ、何だよこの盛りすぎの出会いは。友達の女寝取ったくせにいけしゃあしゃあと……」

新郎新婦のなれそめのくだりに突っ込んでいるらしい。しかしそんな悪態《あくたい》はおくびにも出さず、いつもの鉄壁の微笑でマイクの前に立つ計を想像した。絵になるから困る。披露宴なんて大方は悪い要素を排除し、あるいはポジティブに変換し、いいことはさらにデコレーションして執《と》り行《おこな》うセレモニーであるわけだ。虚飾《きょしょく》と断じてしまっては身も蓋《ふた》もないが、潮はそういう「大人のおつき合い」が苦手だった。正確には「苦手に思ってしまう自分の幼さ」と直面するのがいやだ。嘘くさい時間って、どんな顔して過ごせばいいのか分かんないじゃん。

でも計の嘘、というのか嘘でできている計、は好きだ。出会いが衝撃的だった（物理的にも）せいなのかここまで徹底しているといっそすがすがしいと思えるせいなのか単に外見が好みだからなのか、潮自身にも判然としない。「解《げ》せねえ」って俺の台詞《セリフ》だよ。

「……まあいっか、面白けりゃ、何でも」

「あ？」

独り言に計が振り返る。一文字で返事すんなよ。

「今、俺の悪口言ったか？」

「微妙に鋭いな」

「おい」

「いや悪口じゃねーから」

「じゃあ何だよ」

「こっち向けよ、って」

「台詞の尺が合ってねえ」

肩越しの、猜疑《さいぎ》ぶかい眼差しに潮は笑いかける。表の計しか知らない人間が見たら「国江田《くにえだ》がグレた」と顔面蒼白《そうはく》になりそうな表情だ。

「ほんとだって」

ほら、とTシャツの襟首《えりくび》を摑んで後ろに引っ張る。

「やめろ、伸びる！」

「構えって」

「お前だって日頃俺のこと放置してんだろーが！」

「言ってくれりゃ相手するよ」

「嘘つけ、完全に眼中ねえくせに……ていうか！　何だよその『相手してやる』感は！」

「はいはい」

身体を起こすと計の上半身を両腕でホールドしてベッドに転がった。向こうが本気で踏ん張っていたらこう簡単にはいかないので、これはもうオッケーってことだよな、と解釈する。

「邪魔すんな！」

「ガチ仕事だったら大人しくしてるけど、そうじゃねーんだろ？　まじでちょっかいかけられたくないんなら、そもそも家に上げないもんな」

と言うと計は口をつぐんだ。弁は達者なくせに、こういう時素直に詰まってしまうあたりが面白い。

「てか、週末の夜に寝室連れ込まれたらその後は決まっててんじゃゃん」

「連れ込んでねえっつの！」

「はいはい」

シーツに片腕をついて見下ろすと、計は嘘じゃない困り顔を一瞬覗かせ、しかしすぐ眉間を狭《せば》めて「やんねーぞ」と言った。

「あした司会あんだって。声嗄《か》らしたりしたら俺の評価が下がる」

スタジオでピンマイクを通してしゃべる時、屋外のロケでしゃべる時、屋内でハンドマイクを使ってしゃべる時、状況に応じて計は細かく声を使い分けているらしい。全部おんなじに聞こえるけど、と言ったら「おんなじに聞こえるように調節してんだバカ」と怒られた。声を作っているぶん声帯には負担がかかり、負担のぶんだけ気を遣わなければならない。それは分かるんですけど。

「新郎新婦に申し訳ない、じゃねーの」

「どーでもいい」

「じゃあ俺もどーでもいい」

計の手から原稿を取り上げ、床に放った。

「お前な！」

「こんなもん、その気になりゃ三十分で暗記できんだろ？」

それにさ、と顔を寄せるとたちまち焦《あせ》りとときめきをあらわにするので、潮はどうしてくれようこいつと思う。分かりやすすぎて。

「喉痛めたくなけりゃ、黙ってすればいい話じゃねーの」

「は……？」

「お前があんあん喘《あえ》いでんのはお前の事情」

「はあぁ⁉　あんあんとか大嘘だし‼　自惚《うぬぼ》れんなボケ！　死ね！」

真っ赤な頬をぺちぺち叩いて「はいはい」といなす。

「じゃあ静かにできるよな、大丈夫、口開かなきゃいいんだもんな、や、自信ないんなら結構ですけど」

何でだろう、勉強はできるし、頭もいいはずなのにこんな安い手にまんまと引っ掛かってくれちゃうちょろさ……いやいや素敵さは。「乗っかってはいけない」と分かりつつ負けん気に負けてしまう時の、悔しそうな計を見ると潮は楽しくってたまらない。

「ん……っ」

声を出せない代わり、計はいつもより大きな動作で喉を反《そ》らせた。突き出すようにさらされた顎《あご》の裏側を吸い上げると一瞬呼吸が乱れるのが分かる。

「おーい、大丈夫？」

まったく真剣じゃない口調で尋ねると頭をはたかれた。

「いてーな」

本当は痛くないけど、密着した腰をさらに押しつけ、計のなかにふかく入り込んでやれば頑固に引き結ばれた唇がふるえた。声で発散できないっていうのは、やっぱりもどかしいんだろうか。動くたび、潮の二の腕にぎりぎり指先が食い込む。爪の痕《あと》がえらいことになりそうだけど、自分から吹っかけた手前、文句は言わないつもりだ。

「ふ――ん、んっ……！」

くぐもって、鼻にかかった吐息混じりの喘ぎは、強烈に甘い砂糖みたいだった。たったの一粒でじゅうぶんに浸透《しんとう》し、潮を陶然《とうぜん》とさせる。これはこれで大変おいしく頂いているけれど、始まってからずっとこの調子だから、そろそろ意地っ張りな唇を言い訳できないくらい開かせてやりたくなった。

計の弱いところを狙い澄まして、繰り返し性器で擦《こす》り上《あ》げた。すると望みどおりに口元の直線はたわみ、発情に潤《うる》んだ声がこぼれる。

「や！　あ、あっ……てめ、ばかっ――」

「はい？」

「やだ、っ、や、あぁ……っ」

「……あー、やべーなこれ」

あした、本当に差《さ》し支《つか》えたらまずいのでちょっとだけで止めてやるつもりだったけど、作為も余裕もない声を際限なく聞きたいと、律動は加速してしまう。自分オンリーワン視聴の生放送、何てぜいたく。

「あっ、あっ、あ……やっ、潮……っ」

皮膚を破らんばかりにしがみついていた計の手がふっと離れた、かと思うと潮の首に巻きつき、ぐっと引き寄せてくる。

「ん？　――ん」

結構、熱烈にくちづけられた。あーなるほど、そういう意図ね。まさに口封じ。面白いな――計に対して使う時は「かわいい」と同義。

口唇《こうしん》から口唇へじかに伝わる興奮は、ただ耳で聞くよりいっそうなまめかしかった。嚙み合うようなキスを悦《よろこ》んでいるのか、下の口もさっきより熱心に潮を締めつける。絡《から》み、つながる肌を寝室の湿度が包む。体温の上昇も相俟《あいま》って、潮は何だか南の島にふたりきりでいるような気分になってきた。

暑くて熱くて湿ってて、最高。

差し出される舌に応《こた》えながら、ますます激しく計を貪《むさぼ》った。

きょうのできごと

Kyou no Dekigoto

by Michi Ichiho

サイン会の前日あたりに書いてた記憶が……。
何でもないけど幸せな一日、
このふたりにしてはまったりと穏やかですね。
今はもうない潮の家の感じが、
自分でも懐かしいです。

痛みのない症状のほうが、怖かったりする。計《けい》にとっては喉《のど》がそうで、いがらっぽいとかひりひりするとか、そういった前触れなしに声が出なくなる日が年に一度か二度、あった。

「あ……あーあー」

ベッドに腰掛け、どんなに腹から力《りき》んでも、しなびたぶどうの皮みたいな発声しかできない。舌打ちさえどこか気の抜けた響きだった。前兆《ぜんちょう》はなくても心当たりはある。まずきのうの昼間、長尺《ちょうじゃく》のナレーション録《ど》りに手こずった。もちろん自分のせいじゃない。ディレクターの中で今いちイメージが固まりきらないのか「全然今のでいいんだけど違う感じでしゃべってもらってもいい？」を連発された。この手の、OKラインが見えない優柔不断はいちばんいらつく。一テイクごとに課金させせろ。それで酷使《こくし》した後、夜はニュースのオンエアがあって、深夜は、オフエアのいろいろ、いろいろがーー要はあいつのせいだ。

不幸中の幸いは、きょうが土曜日なことだ。二日間休ませてやれば喉も機嫌を直すだろう、というか、声が出なくなるのは決まって休日だった。空気を読んでのささやかな反乱なのかどうか。

「あ、きょう卵ねーんだわ。トーストだけでいい？」

先に起きてシャワーを浴びていた潮《うしお》がのんきに尋ねる。原因の半分ぐらいはお前だろうと思っている計は、仏頂面《ぶっちょうづら》でとんとんと喉を指した。

「ん？」

「こえでねえ」

妙に裏返ってしゃがれ、自分で聞いても間抜け極まりなかった。潮は急ぎ足でベッドに近づくと、計の額や頬にぺたぺた触れた。

「風邪か？　熱は？　つらいか？　病院行くか？」

「ねーって」

んな真顔で無造作に触られたら、そのせいで赤くなるだろうが。潮の手を振り払って「たまになるやつだから」と説明した。

「ほっといたら治る」

「ほんとか？」

「ん」

表面的にはけろっとしているので安心したらしく、頭をぐしゃぐしゃかき回すといきなり甘ったるい笑顔を作った。油断してはいけない。こういう時って大概《たいがい》ろくでもないことを言うのだと、計はちゃんと学習している。

「……『こんばんは、森進一《もりしんいち》です』って言ってみ？」

ほらな。

「死ねっ」

この声じゃ罵倒《ばとう》も決まらない。枕で潮の肩を叩くと「冗談だって」と分かりきった弁解をする。

「冗談ですむか、こっちは商売道具なんだよっ」

「そんならあんま負荷《ふか》かけねーほうがいんじゃね」

「誰のせいだ」

「コンビニで朝刊買ってくるから許して。朝めし、お前の好きなもん作るし」

「うなぎの蒲焼《かばや》き」

「よしよし、卵な」

　一文字たりとも合ってないし。

　計もシャワーを浴び、風呂場を出るとパシリはお買い物真っ最中なのか見当たらなかった。その代わりみたいにうすいブルーグリーンの石油ストーブが大きなやかんを載せて部屋を暖めている。ことに冷え込む晩なんかに一階の仕事場で使っているものを、計の保温と加湿を考えて運んできたらしい。灯油をいちいち補充するのは面倒だろうと思うが、潮はヒーターよりこのストーブを気に入っているようだった。丸い窓の中でちらちらする、青い炎を見ているのが好きなのだと。

　丸椅子をストーブの近くに寄せ、ぼんやりと暖《だん》を取る。生きた火の熱がある。ていうか、前から思ってたけどこのラグビー部仕様みたいなでかいやかん、どっから持ってきたんだよ。マジックで「給湯」とか書いてあるし。潮の家は雑多な寄せ集めで構成されている。食器はひとつとして揃いのものがないし、引っ越しの手伝い賃にもらったという冷蔵庫、廃材《はいざい》を自分でカットしてこしらえたベッドのフレーム、リネン類もまちまち、衣装ケースはパン屋の木箱を積み上げたものだったりする。でもその統一感のなさに居心地が悪くなるかといえばそうでもなく、「潮の家」という大きなくくりの中でふしぎなおさまりがあった。秩序とか調和というのは大げさだけど、落ち着く。もらってきたものも拾ってきたものも、潮がちゃんと「ほしい」「必要だ」と判断したからだろう。冬の初め、ストーブを分解して儀式めいた丁寧さでたくさんの部品を磨《みが》いていた姿を思い出すとそんな気がした。そして、ここに入り浸《いびた》ってすっかりなじんでいる自分、というのを顧《かえり》みると。

……ひょっとして、俺も拾われ仲間？

「ただいま」

コンビニの袋をがさがさ言わせて潮が帰ってきた。二階に上がってくると同時に計は口を開く。

「ほら新聞――ん、何だって？」

拾ったのは俺のほう、と主張したかったのに、ものの十五分の間に喉はもっと嗄《か》れたらしく、もはや息とも声ともつかない。聞き取れたとして「何言ってんだ」と怪訝《けげん》な顔をされておしまいではあっただろうけど。

「完全に声死んだ？　おとなしく黙ってるしかねーな」

新聞と、計が愛用している喉飴《のどあめ》を手渡すと潮は台所に立ち、一紙読み終わる頃に「できたぞー」と呼ばれた。

「ちょっとだけ頑張った」

卵ならハムエッグかオムレツかスクランブル、大体はそのローテーションなのだけれど、今朝は、マフィンの上にぽってりとポーチドエッグが乗っかっていた。それをとろりと覆《おお》う、オレンジがかったクリーム色のソース。

「こじゃれ飯な。こないだテレビでオランデーズソースの作り方やってたから。ナイフとフォーク出すか？」

めんどくさいからいらない。計はかぶりを振って声にならない声で「はし」と要求すると、エッグベネディクトを箸《はし》でがっと摑《つか》み、大口を開けてかぶりついた。公《おおやけ》にされたら死ねる。

「うまい？」

頷く。

「野菜も食え」

無視していると小鉢《こばち》がずいっと目の前に突き出された。こじゃれ努力を早くも放棄したのか、ちぎったレタスとたたききゅうりとプチトマトにクレイジーソルトを振りかけただけのシンプルなサラダだった。

「栄養偏《かたよ》ってると治るもんも治らねーぞ」

この一食でどうにかなるかよ、と言い返せないので渋々箸をつけた。いや、ちゃんと食べるし。計は好きなものから食べたいタイプだった。お楽しみに残しておいて冷めたり満腹したら意味ないし。

食べ終えた食器を片づけると潮は「下で仕事してるわ」と手を拭《ふ》きながら言った。

「お前、ここいるだろ？　喉用にはちみつ大根漬けといたから昼ごろ食えよ。あんま置いとくと水っぽくなるからな」

部屋はもう、空気全体がほかほかと暖かかった。新聞を時間をかけて読んでいく。外ヅラの反動で、計は独り言が多い。いつもはまたかよ、とかばかじゃねーの、とつぶやきながらなのが、今は紙をめくる音しかないので何となくリズムが摑めず、内容がうまく頭に入ってこない。

潮がいても平気でぶつぶつ言うから、「何が？」と訊かれる。これこれで、と記事を見せながら説明すると、潮は決まって「ふーん」と引き取ってから、計にとっては意表を突く質問をしてくるのだった。

「それって誰が悪いの？」「何でそういうことになんの？」「この後どうなんの？」「落としどころは何？」

至って単純、シンプル。しかし、職業としてニュースに接していると悪い意味でマニアックになりがちだから、こういう本質的な疑問がなかなか浮かばないし、問いに答えるのに内心で苦労していたりする。でも、新聞をいくつも熟読する仕事にない視聴者というのは大体がこんな感じだろう。で、どうなの？　という。だから、「しょーがねーな、教えてやるよ」という体《てい》ながら、実は計のほうが勉強になる時も多い。今はしゃべれないし、潮も忙しそうだから無理だ。

もの足りない気持ちで一般紙とスポーツ紙を読破し、しばらくベッドでだらだらしているともう昼だった。大根の汁が溶けたはちみつを舐《な》めてふとストーブを見ると、灯油が切れかかっている。一階に下りて、パソコンに向かっていた潮に口パクで「とうゆ」と伝えた。

「ああ。いったん切って、二階ちょっと換気するか」

せっかく快適にぬくもったのに？　と表情だけで盛大に抗議したが、潮はお構いなしに二階の窓を開け放った。なので計は一階のソファで丸くなる。再びデスクに戻った潮が尋ねる。

「テレビ見ねーの？　いろいろ録画してるやつチェックするんだろ」

後でいい。

「昼めしどうする？　俺、どっちでもいいや」

減ってねえ。

「換気終わったらストーブで何か仕込むか。楽だし。おでんとポトフだったらどっちがいい？」

肉。

「じゃあ牛すねとじゃがいもと玉ねぎ煮るよ――……ていうか」

潮が振り返る。

「普通に会話成立してねえ？」

こっちが訊きたいわ。

「お前が言いそうなことを勝手に補完してるだけなんだけど。お前、分かりやすいからなー」

うるせえ。

しばらく経《た》つと、モニターをにらむ潮の横顔から、すっと計の存在が消えてしまったのが分かった。もう液晶の中の世界がすべてだ。計も調子がいい時には、オンエア中、あらゆる雑音が消え失せる瞬間があった。やったこともないのに、パチンコのチューリップが開ききるようすを連想してしまう。

じゃらじゃら玉が入って、ぐんぐん捗《はかど》る。いつもいつもというわけじゃない、コンディションとかテンションがうまく嚙み合った時だけのボーナスタイム、その貴重さを知っているから、仕事に没頭《ぼっとう》している潮の邪魔はしないようにする。潮の世界から、その他のものと等しく疎外《そがい》されて寂しくないといえば嘘だが、潮もテレビ越しに同じようなことを思う夜があるのかもしれない。

計はそっと二階に戻った。もういいだろ、換気は。すっかり冷え切った部屋の窓を閉め、火を落としたストーブのてっぺんにそっと触れた。つめたい。

あれは、先月だったたっけ？　夜中、目を覚ましたら潮が隣にいなかった。戻ってくる気配がないのでそっと階段を下りると、潮はソファにかけてじっとストーブにあたっていた。正確にはたぶん、青く揺らめく火と向き合っていた。思い詰めた、というほどではないが、真剣な表情で、計に気づきもせず。あの晩は何か、仕事のことを考えていたのだろう。ものをつくる、というのはどこかで徹底的にひとりなんだと思った。ひょっとすると、潮と出会う前の計より。

ベッドに潜《もぐ》り込《こ》む。潮のにおいだ。ここでひんぱんに寝起きするようになって結構経つけれど、自分のにおいも混ざってきているんだろうか、などと考えて、変態か、とまた無音の突っ込みを入れる。普段とはちょっと違うもの思いに、きょうはちょいちょい囚《とら》われている。たぶん、声が出ないせいだ。外に放てず封じ込められた思考のかけらが胸のうちで発酵《はっこう》し、変容している。特に大したことをしゃべるわけじゃないのに、身体の不調はダイレクトに心に影響する。

妙に内省的になってしまうのは怖かった。いやな想像が膨《ふく》らむ。月曜になっても声が戻らなかったらどうしよう、とか。前触れもなく突然沈黙する喉は、身体から自分へのストライキじゃないのか。

こんな嘘だらけ、無理しどおしの生活はもう限界だろ、と。

痛みもなくスイッチが切られてしまうのが怖い。


かたく目を閉じているうちに眠っていたらしかった。すこし寝汗をかいているのは、二階に再びストーブが点《とも》っていたからだ。肉が煮える時の、鼻から胃に沁《し》み渡るようなにおいがする。外を歩いていて、ふとどこかの家から洩れてきたら思わず足を止めてしまうだろう。

鍋を載せたストーブの前で、いつかみたいに潮は座り込んで火を見ていた。青い炎は、ちゃんと酸素が燃焼している証拠だという。

でも、青くても赤くても、火は火に違いない。熱を放ち、触れれば火傷《やけど》をする。

ふっと潮が計を見た。

「起きた？」

部屋の中はうっすらと橙《だいだい》を帯びた灰色だった。今何時、と訊こうとしたが、やっぱりまだ声が出ない。

「四時半」

無音を意に介さず潮は答え、そっとあくをすくった。

「もうちょっとしたら、食べごろ」

計はふとんをめくり、ひとりぶんのスペースを空けるとマットレスを手でぱんぱん叩いた。

「何だよ」

笑いながら近づいてきた潮の、肘《ひじ》の内側あたりを摑む。こういう行いには言葉はいらない、はず。

「……珍しいな。まだ寒い？」

違うわ。筋肉の途切れ目みたいなやわらかい部分に指を食い込ませると潮は「いて」と顔をしかめた。それから鍋をコンロに移し、ストーブの火を消してからベッドに入ってくる。

「つけっぱでもいいいんだけどさ」

服を脱ぎながら言った。

「振動で倒れたら困るだろ」

どんだけ頑張る気だ。

静かな交わりは、衣擦《きぬず》れやスプリングのきしみをいつもより意識させられた。潮の上ずった息も、生々しくこすれ合う身体同士の音も。

「……大丈夫だって」

ゆるやかに計の深みへと没入《ぼつにゅう》しながら、潮がささやいた。

「声なんか、すぐ元に戻る」

当たり前だよ。決まってんだろーが。

黙ってろよ。

ぎゅっと背中にしがみつくと、「はいはい」と後ろ頭を撫でられた。大丈夫、という言葉は、手のひらからだって計の内側に入ってくる。


日が落ちきり、じっくり煮込まれた肉と野菜が皿にごろりと盛られる頃、計の声はすこしだけ戻ってきた。

「特に何事もない一日だったなー」

潮の言葉に、晩ごはんをもぐもぐ食べながら頷いた。

This little light of mine

ディス・リトル・ライト・オブ・マイン

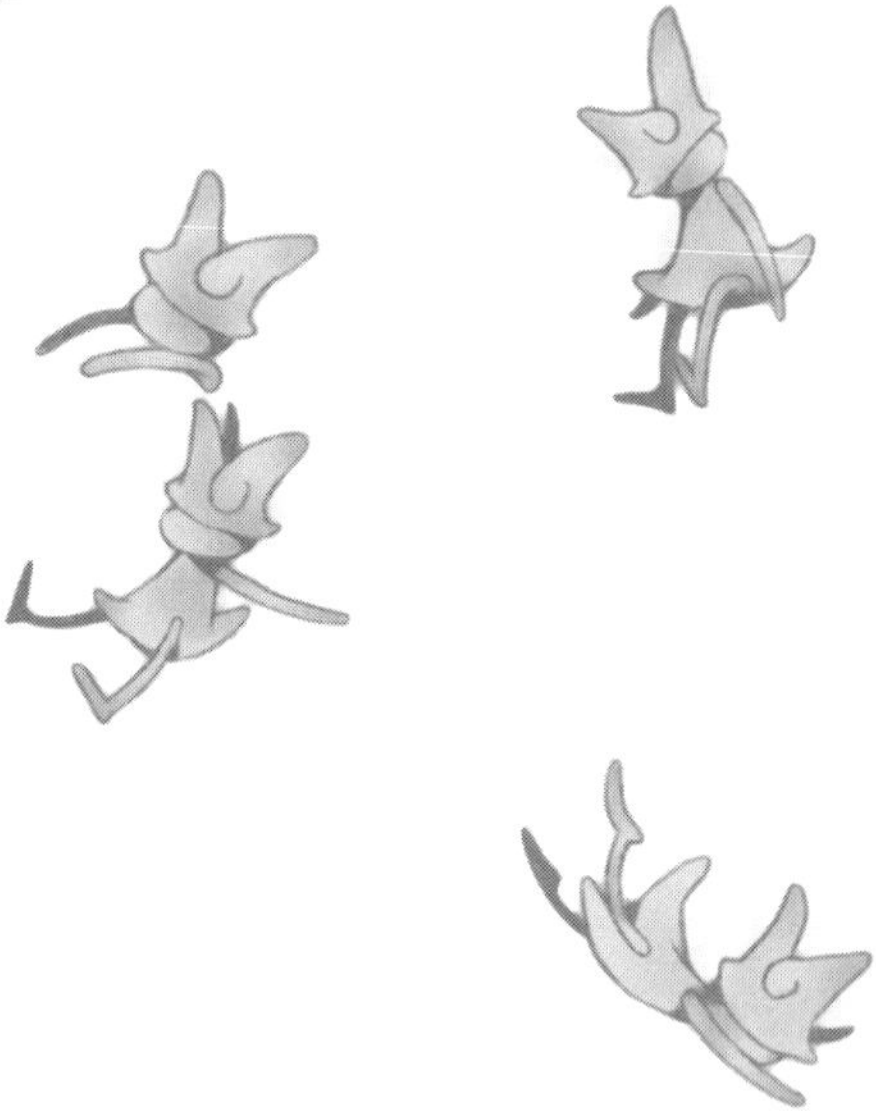

by Michi Ichiho

タイトルは「私のちいさな光」という
美しいゴスペルです。
珍しく、国江田さんとお外デート。
というかこんなにいろいろ制約の多い人と、
潮はよくつき合ってるなと思いました。

土曜日の晩に帰る、と潮《うしお》が電話で言った。

『十時半過ぎに羽田だから、日付変わる前には家着けそうだけど』

「間が悪い」

何でよりにもよって今週の土曜日なのか、と計《けい》は文句をつけた。

『何だよ』

「番組の忘年会がある」

演者《えんじゃ》からスタッフから社のお偉いさんから普段顔を出さない制作会社の人間から契約しているタクシー会社の担当まで、とにかく関係者一同集めた大々的な宴会なので欠席という選択肢は存在しない。

『こんな早く?』

「例年一月に新年会なんだけど、上のおっさんどもの飲み会スケジュールがすでにいっぱいだからって調整させられた」

十二月は十二月で年末年始の特番やらでスケジュール繰《ぐ》りが厳しいので大幅に巻いての忘年会が設定されることになった。

「ていうかいる? そもそも忘年会って必要か? 何でそこまでして集団で酒飲まなきゃなんねーの?」

会費払って、抽選会のために景品も出して、一次会だけで四時間は拘束される覚悟で、何より安息の土曜日に外ヅラつくって仕事相手と顔を突き合わせなければならない苦痛ときたら。いっそ自腹で小道具に等身大パネル発注して代理参加させたい。

『俺に言うなよ。どこで？』

「前、皆川《みながわ》と行った鍋屋の入ってるビルの一階」

『ま、飲み会なら寂しくないしいいよな』

「……はっ？」

『「はっ？」て？』

「寂しいって、なに」

『何だかんだ、人と一緒にいると待ってる寂しさも紛《まぎ》れんだろ、って』

「寂しくねーわ！」

あ、この流れはあれだ、前みたく『俺は寂しい』とかしれっとぬかすんだろ、真実味なく。したら
「あっそ」って鼻で笑ってやる。余裕、余裕大事。

『あーうん、ならいいんだけど』

しかし身構えている時に限ってこんなさっぱりうす味のお答えが。

「台本に従えよ！」

俺の脳内の。

『台本？』

「……何でもない」

『いやほらまじな話、俺はひとんちに居候《いそうろう》中だから結構にぎやかなんだけど、お前は違うから、バランスの悪さが申し訳ねーなって』

「余計なお世話だ」

子どもじゃあるまいし、潮以外の他人が近くにいるほうが却ってストレスだって知ってるくせに。

『ほっといたら案外すぐふらっといくしな』

「それもう時効！」

『早すぎるわ……そういうことなら俺のほうが先に帰ってるってことだよな。そっち、何時ぐらいまでかかりそう？』

「その場の空気による」

朝までコースだけは断固逃亡するけど。

『じゃあまあ流動的な感じで、うちに寄っても寄らなくてもいいし。おやすみ』

それきり回線の断たれた端末をしばし未練がましく見下ろしてから、寝転がっていたベッド——もちろん潮の家の——に突っ伏す。あっさりしやがって。

空港までお見送りのミッションは無事終了したから、今度はお迎えに行ってやってもいいかも、なんて思っていたのに。だって「行く」より「来る」ほうが楽しいに決まってる。別に一年も二年も離れてたわけじゃないけど、帰国日に俺の予定入ってるって、もうちょっと残念がってもいいんじゃねーの……募《つの》る不満は、たやすく不安になる。本質的には、計より潮のほうがずっと孤独を好むのかもしれないと。本音では居候生活から解放されてひとりでほっとしたいんじゃないのか？　気持ちを疑うわけじゃないが、自分が猫をかぶり続けているように、人格の根みたいな部分は誰と何年つき合おうが変わらないと思う。

どうなんだよ、なあ。もし問い詰めても、潮はきっとはぐらかしてしまうだろう（何なら身体でごまかされる）。

緩慢《かんまん》な寝返りを打つと、視界の端で携帯の着信ランプがぽつぽつ光っていた。あ、メールですね、はいはい、絶対甘い言葉なんかはなくて、絶対こっちの期待のハシゴを思いっきり外してくるすっとぼけた内容が――とか予測してると裏をかいてくるのか？　どうなの？

結局どきどきしながら液晶をともす、と。

『言い忘れてた』

……これは。この書き出しは……。

『土曜日、出かける前にふとん乾燥機セットしといて』

「――寝る気満々かい!!」

保冷剤敷き詰めて、枕もアイスノンに換えてやる。

ああ、皆川がいてよかった。とたぶん初めて心から思った。

――はーいご歓談中のところ失礼いたしまーす。ただいまより皆さまお待ちかねのプレゼント抽選会を行います。抽選箱に名刺をまだ入れていないという方、いらっしゃいましたら会場入り口のボックスにお願いします。

司会進行を丸投げしてゆっくりできるから。

席についていればいいたで、酌《しゃく》をしたりされたりさりげない（つもりの）色目をさらりとかわしたり気の安まる暇もないが、マイク持って喉《のど》を酷使《こくし》するよりまだましだ。

――ウェザーセンターさまよりご提供いただきました商品券一万円ぶん、当選されたのは……スポーツコーナーの植村《うえむら》ディレクターですね、おめでとうございまーす。僕にも何かおごってくださいねーー！

「あいつ、いつまで経っても語尾のだらしないしゃべり方が直らないな」

ほら、こうやって駄目出しもされるし。

「音の切り方が下手くそなんだ」

「まーまー、きょうは宴会なんだから」

設楽《したら》が苦笑とともに麻生《あそう》をいなす。

「来年から国江田《くにえだ》がびしびししごいてくれるはずだから、な？」

「どうでしょう」

関係ねーよ、と思いつつ曖昧《あいまい》な笑みを浮かべる。

「僕も自分のことで手いっぱいでなかなか」

「いつだって涼しい顔に見えるけど？」

「いや」

妙に確信に満ちた口調で否定したのは、麻生だった。

「国江田みたいなタイプは、大変だと思うよ」

「え？」

どういう意味？　演技じゃない戸惑いが声に出た。その隙を、文字どおり突くような鋭い視線を一瞬向けた麻生は、しかしすぐに表情を和《やわ》らげて「優等生すぎると次の課題を見つけるのが難しい」と言う。

「いえ、そんな……」

そんな無難なコメントが本音か？　しかし下手に切り込めばやぶへびになりかねない。

——続きまして、衣装さん提供のバスグッズです。これは……あ、国江田さんですねー。国江田さーん！

「呼んでるぞ」

「あ、はい。行ってきます」

半分うっとうしいが半分は助かった。何がばれている気もしないが、来年以降もこのおっさんふたりは要注意、と心に刻んで景品を受け取る。「癒《いや》しのバスタイムをどうぞ」とカードがついていた。

……バスソルトと、バスライト？　また処分の面倒な代物《しろもの》を。風呂で癒されようなんて浮《うわ》ついた気持ちになれるようなやつは別に疲れてねーんだよ。腕時計を見ると、十時過ぎ。もうすぐ潮が帰ってくる。

抽選会が終わり、コースの料理もデザートまで出揃った。この後はおそらく報道局長のあいさつ（長い）があって、設楽が締める（これは本当に一言）。十五分ぐらいで終了、二次会は……どうすっかな。軽く顔を出しておいたほうが賢明か。そうだよどうせあいつ寝てんだから、熟睡した深夜に押し掛けてやろうか。

そんな算段をしていると、内ポケットで携帯が振動した。発信者を確かめてから、ちょっとトイレに立つようなふりでこっそり店を出る。空港に着いた連絡か？　予定より遅いな。

「お、ちょうどよかった」

すぐ目の前に、潮が立っていた。携帯を片耳にあて、それは今計の胸の真上をふるわせている着信で。

「……何で？」

「見送ってもらったんだから迎えにぐらいいくるだろ」

こともなげに潮は答え「帰るぞ」と歩き出した。

「うん」

だから計も、当たり前みたいについて行った。二次会のことも、店の壁にかけてきたコートのことも、考えなかった。路肩のコインパーキングに停まった車の前で潮が何かのカードを取り出す。

「何で?」

いつマイカーなんて? 同じ問いを繰り返すと「カーシェアリング登録してるから」と言う。

「近所の駐車場から乗ってきただけ」

そのカードがキーになっているらしく、潮はさっと運転席に乗り込んで助手席のロックを外した。計も素早くシートに滑《すべ》り込《こ》む。

発進させる直前、今度は仕事用の携帯に着信があった。

「誰?」

「皆川……たぶん探してる」

どうしよっかな、という思いがようやく湧《わ》きはしたが、慌てて戻ろうという気にはなれない。

「……おい!」

持て余しているといきなり手の中の携帯がひょいとさらわれ、そのまま応答された。

「もしもし——そう、俺。ちょっとお願い聞いてくれる? 国江田さんさ、酔いが回りすぎたみたいで、急に具合悪くなって抜けさせてもらったんだわ。……そう、そういうことで、うん、よろしく、じゃあな」

計に一言も挟ませないままどうやら話がついたらしい。それにしてもこのフラットな態度、やっぱ時効でいいんじゃねーのと思う。

「うまく説明しといてくれるってさ。コートも月曜まで預かってくれるって——ところでそれ何？」

計の膝の上にある紙袋をちらりと見て尋ねる。

「抽選会の景品。風呂グッズだって。ライトとか」

「よかったな」

「ハズレだよ。いらねーし……」

「そう？」

懸案も解決されこのまま直帰かと思いきや、まっすぐ家に帰るルートからどんどん逸《そ》れていった。

「どこ行くんだよ」

「せっかくだからちょっと国江田さんを拉致《らち》ってみようかなと思って」

「どこ寄ろうが車から出ねーぞ」

「いいよ」

車は運河沿いの倉庫街で停まった。この時間だからひと気《け》などは皆無だ。

「こんなとこに何があんだよ」

「何もないから来てんだろ。人目があると国江田さんが緊張しちゃうから」

潮はシートベルトを外し、後部座席で何やらがさごそ探ると、ステンレスのサーモマグをふたつ取り出した。

「コーヒーもあるし」

ああ、何だこれ、デートか。コンクリートと淀《よど》んだ水の殺風景なロケーションだけど。うっかりマフィアの取引現場とか目撃しちゃいそうだけど。

デートですよね。ほんと、油断してるとこれだよ。何を話すでもなく、並んで熱いコーヒーをすする。

「風呂グッズ見せて」

「勝手に開けんなよ」

「どうせ使わねーんだろ？」

決して破いたりせず包装紙を剝《む》いて箱を開けると、中から直径十センチ程度のちいさなライトが現れた。

「お、もう電池入ってる」

オンオフだけのチープな造りだから説明書を読むまでもない。スイッチを入れると、狭い車内に突然いびつな水玉模様が充満した。

「いいじゃん」

車内灯を消してしまえばフロントガラスもほとんど真っ暗になり、暗い場所にはちっぽけな光が浮かび、ゆっくりと闇を回遊するように巡り始める。光を閉じ込めているのか光に閉じ込められているのか。重なり、ぶれ、にじみ。

ライトを床に転がした潮が身体をひねって助手席に覆いかぶさる。

キスする寸前、目印みたいに唇が光っていた。

その光は、ただいま、と言う潮の顔を横切り、おかえり、と言う計の顔を横切る。まぶしくはないのに、目を細めてしまう。帰ってきた。

そしてこれから一緒におうちに帰れば、ぬくぬくのふとんが待っている。

▲「イエスかノーか半分か」雑誌掲載時コメントカット

なんにもいらない

Nannimo Iranai

by Michi Ichiho

サイン会でお配りしたクリスマス話の小冊子に
お正月篇を加筆したもの。
ピンク基調の甘かわいい表紙を作っていただきました。
ちなみに国江田父母は高校時代の同級生、
という割とどうでもいい設定があります。

by Lala Takemiya

小説が先にありきだったので、甘い画面を目指しました。
ホットケーキを描くつもりが、
上にのせる生クリームでもう満足してしまったという……
生クリーム好きすぎて（私が）……
潮におやつ作ってもらいたすぎました。

オールアイニード

――クリスマスは旭《あさひ》テレビに集合！　十八日から二十六日までの九日間限定、旭テレビ前のナインガーデンで盛りだくさんのイベント開催！　ツリーのイルミネーションやここでしか食べられない限定コラボスイーツ、人気番組のスタジオで写真も撮れちゃう？　カップルもファミリーも友達同士も、みんなで楽しもう！

十一月の半《なか》ば以降、ＣＭがこればっかりで（特に昼の時間帯）、テレビ営業大丈夫か、と思わずにいられない。自社の宣伝ばんばん流しても金にならねーだろ。そりゃ社員が総動員で駆り出されるわ。外のタレントやら芸人を呼べばギャラが発生するが、自分達ならせいぜい時間外プラスアルファ。

「えー、お手元に資料行き渡っておりますでしょうか？」

事業部の部長がホチキス留めされた紙切れをかざす。計《けい》は神妙に目を通すふりをしているが、隣の竜起《たつき》は意味もなく端っこを三角に折ったりして遊び始めている。番組の会議と違って麻生《あそう》がいないのでいつも以上に緊張感がないとみえる。まあ、用事が用事だし。

「えー、今年、弊社《へいしゃ》ではクリスマスイベントを始めることになりました。有名飲食店やスイーツ店とのタイアップでテレビ営業の戦略にプラスとなるとともに、既存《きぞん》の視聴者にはより親しみを、ふだん他局に流れがちな層には目を向けてもらう試《こころ》みですね。実際に番組で使ったセットを展示して、写真を撮ってもらえるようなブースも用意します。つきましてはアナウンス部の皆さまにもぜひご協力いただきたく、女性陣は、来年の女子アナカレンダーの対面販売と握手会、そして旭テレビの誇《ほこ》るイケメン男性アナウンサーたちには――」

　そこでタメ作ったって誰も笑わねーぞ、と思ったが竜起だけ「はっはー」と合いの手とも冷やかしともつかない声を上げたのでくそ寒い空気はいくらか軽減された。

「アナウンサーカフェということで、期間限定のカフェを設置します。もちろん調理は別の人間が行います、君たちは給仕と、カウンター越しにあの、ラテアートね、表面に絵を描くやつ。あれをやってもらおうと思っています。もちろんバリスタによる講習の時間は設《もう》けますし、それぞれついてる番組等ありますから、タイムスケジュールは無理のないよう組みますので安心してください。訴求《そきゅう》対象はおもにＦ１からＦ２。日々、画面越しに発揮している皆さんの魅力をリアルでも存分に発揮してください」

　だから笑えねーよ。つかどんだけ働かすんじゃい。タイムスケジュールを見ると、ほぼ毎日、午前か昼間に二時間程度のシフトで入れられている。しかも土日は夕方から夜にかけてたっぷり。夜のニュースに時計上は差《さ》し支《つか》えなくても、不特定多数にお愛想《あいそ》を振りまかなくてはならないと考えるとこれは相当に疲れる予感。

局の敷地で、局にあるものと人材で、タイアップとやらはCM取ってきたりにつながるんだろうし、微妙にぼったくった値段の屋台と版権グッズの売り上げで結構いい儲《もう》けになりそうだ。どなたにもお楽しみいただける、って体《てい》でイメージがいいぶんスポンサーからもたっぷり巻き上げられるだろう。

俺が社長でもやるね。搾取《さくしゅ》するね。でもされるほうは好きじゃない。

「握手会のほうじゃなくてよかったじゃないすか」

午後五時すぎ、ひと気《け》のない社員食堂で遅い昼か早い夜か分からない食事を摂《と》りながら竜起が言った。

「絶対股間触りまくってから来る男とかいるんでしょうね」

「んなことさせられるぐらいならＮＨＫに転職するわ」

ほぼ無人、隅っこのテーブルだから小声でこんなことも言える。

「俺、こーゆー文化祭ぽいの嫌いじゃないですけどね。どうせ今年のクリスマスってカレンダー的にもあんまよくないから予定ないし、バイトだと思えば」

「あっそ。俺大嫌い、実行委員とかオープニングスタッフとか、お揃いのＴシャツに象徴される、熱血なわりに湿っぽい絆《きずな》押し出してくるうさんくさい連中な。仲よしごっこしてるくせして裏じゃ色恋でどろどろしてたりすんだよ」

「でもこう、同じ仕事で苦楽をともにしてるとどうしても恋心が芽生《めば》えちゃうじゃないですか、かつての俺たちみたいに」

「『同じ仕事』以外全部ガセじゃねーか死ね」

「またまたー。あ、そういえば都築《つづき》さんてまだ忙しいんすか？」

「は？」

「え、ツリーのイベントに使うアニメ作ってるって聞きましたよ」

遠目に目撃されても困らないよう入念な笑顔を保ったまま「どういうことだ」と問い質《ただ》した。

「何でてめーがあいつの動向知ってんだよ」

「や、ふつーにＬＩＮＥで。設楽《したら》Ｐに教えてもらって」

「何で」

「俺、人とのつながりを大事にするほうなんで……あっ、別に国江田《くにえだ》さんとつながって兄弟になろうとかは思ってませんから。ていうかそーゆー話って普通にしないいんすか？　会ってる時何やってんすか？　セックスばっかり？」

「で、あいつの仕事って——」

何とか年内に殺せねーかな。

詳細を聞き出そうとしたら、女子アナ軍団が目敏く近づいてきた。

「あ、こんなとこで何こそこそごはん食べてんのー？」

「ふたりで悪い相談？」

お前らどいつもこいつも涙袋つくりすぎてえらいことになってんな、と思いながら計ははにかみ気味の微笑で「ブンデスリーガの見どころを聞いてた」と返した。


家に帰って本人に確認すると「ああ」とあっさり認めた。

「旭テレビの社屋《しゃおく》の壁面に流すやつな。プロジェクションマッピングっていうの、俺も初めてだから、実際投影されるとどういうふうになんのか楽しみ。ほかにも色んな映像作家とか呼ばれてるみたいだしさ」

「そんな仕事、いつしてた？」

「依頼がGWぐらいで、それからずっとしてたよ。ニュースのOPで作った宇宙人が評判いいからそれのクリスマスバージョンでって」

「全然撮影してなかったじゃん」

「フルCGでやったんだよ。うちにないソフト触らせてもらいに、制作スタジオ行ったりしてたし。あれだな、アナログっぽいエフェクトかけるのにまる一日とか費やすのっていいんだか悪いんだか。撮ったほうがはえーよって何度思ったか分からんけどまあ勉強になった」

もう潮《うしお》の作業は終わったので、後は試験投影に立ち会って問題がなければ本番を待つばかりだという。

「一緒に見に行くか?」

「やだよどーせ混んでんだし。それより、」

「ん?」

「それでいくらもらう契約?」

「ギャラ? 国江田アナのボーナスに全然届かねえレベルだよ」

「嘘つけ、一本買い取りだろ? んなわけねー」

「いやいや、いっても三十秒とか一分の話だぞ、それで一千万円とかもらえたらどんな巨匠だ」

かかりっきりになればその間無収入だから決して割のいい仕事とはいえないし、今回は設楽も噛んでいたからやりやすかったが、クライアントとシビアなカネの話をするのも毎度胃が痛い——と潮は話した。

「ふーん……ていうか」

「ん?」

「お前って、仕事の話全然しねーのな」

出張してとりかかっていたなんて初耳だ。計は毎日のようにできごとを報告——おもに文句と悪口——しているというのに。

「だって基本ひとりの作業だし、このモーションがとかこのフィルターがとかパソコンの画面見せられてもしょうがねーだろ」

「いやそういう専門的なことじゃなくて、こう……次はこういうもんつくりたいとか、今こんな感じのつくってるとか」

「あー」

気乗りのしなさそうな相づちだった。

「俺、苦手なのそーゆーの。頭の中にあるうちって、何て言っていいか分からん。そんなら黙って頑張ってできあがり見てもらうほうが手っ取り早いし、そもそも、洩らしたらやる気が減る」

「何だそれ」

「説明しちゃったらそこで何か完成させた気になっちゃうだろ、ってこと。ガイドブック読んで行く気失くすみたいなさ」

やっぱりよく分からない、けれど潮の中には、ひょっとすると計よりややこしい回路が通っている部分があり、きっとそこでものをつくるのだろうと思った。

「てゆーかお前、そんなにも熱烈に俺のことが知りたいの？　離れてる時も何してるか気になってたまらないほど？」

「違うわ!!」

一種の不公平感というか、何で皆川《みながわ》の口から聞いてんだよっていう不満は——じゃあ違わないのか。

いやいやいや。

「お前がいちばん知ってるから安心しろよ」

「別にどーでも……」

「好きなプレイとかさ」

「ほんっとにどーでもいーな！」

おっと、無駄口叩いてる暇はない、計は「台所使う」と宣言して持参した袋の中身を取り出した。

片口のステンレスピッチャーと、それから。

「何それ。プレミアムな松井棒《まつぃぼう》？」

「まったく在宅業者はものを知らなくて困るな」

俺も実物見るの初めてだけど。ていうか百均に売ってんだぜ、愛してるぜ百均。

「これは、ミルクフォーマーです」

英語の授業のように教えてやる。

「ほうほう、で、何すんの？」

「ラテアートの練習」

勝手に濃いめのインスタントコーヒーを作り、牛乳をマグカップに入れて電子レンジにかけた。

「クリスマスのイベントでやるっていうやつ？　講習あんじゃねえの」

「ふー……」

分かってねーな、と計はかぶりを振る。

「何かムカつくため息だな」

「講習の時点で抜きん出るためにも今から自主練すんだろが。俺の場合『うわあ初めてと思えないぐらいじょうずですね〜』って言われるのが最低限のハードルなんだよ」

「うわーほんとコツコツしたバカだな〜」

「うっせ」

温めた牛乳をピッチャーに移しフォーマーの電源を入れると、細い柄《え》の先のばねを巻いたような丸い泡立て部分が小刻みに振動し、それを牛乳の中に沈めるや真っ白い表面に波が立つ。

「最終的には平等院鳳凰堂《びょうどういんほうおうどう》が描けるぐらいになってやる」

「それ何アピールだよ、やめとけ引かれるから。ハートとか葉っぱでじゅうぶん」

微細な泡が全体に行き渡ると、ピッチャーの底をとんとんと作業台で叩いて均《なら》す。さて、ここから。浅くコーヒーの入ったカップを傾け、最初は高い位置からミルクを注《そそ》ぐ。その後、ぐっとピッチャーを近づけ、とろっとした泡を流してやると白い丸が――。

「……浮かばねえ」

「俺にもやらして」

潮はスマホで作り方の動画をいくつか見てふんふん頷くと、手早くコーヒーを作り、残ったスチームミルクを投入する。計の所作と目立った違いは見受けられなかったというのに、オセロの白い面を浮かべたようにきれいな円が現れた。

「……で、こうか」

その真上をなぞるようにピッチャーの尖《とが》った口を動かせばすうっと中心に切れ込みが入り、あれよあれよという間にハート型のできあがり。

「なるほど、まーまー面白いな。応用で葉っぱとかもすぐできそう」

「……俺はちっとも面白くないんだけど！」

ていうか率直に腹立たしい。

「バイトしようかな、旭テレビカフェで。まさかアナウンサーばっかで回すわけじゃないんだろ？時給千円くれたらやるわ、暇だし」

想像してみる。潮のギャルソン姿を。

「ダメ絶対‼」

「何でだよ」

「俺が霞《かす》むだろ！」

「そんなに自信ねーの？」

バカやろう、と計は力説した。

「一般人のお前と一緒にすんじゃねーよ。俺はそもそもの期待値が違うの、偏差値六十を求められてるところでの七十と、三十でも四十でも差し支えない立場での六十五じゃ後者のほうが圧倒的に有利だろうが！」

「微妙に五も差つけられてんの釈然としねーけど、まあそこまで俺を人前に出すのが心配なら勘弁しといてやるよ」

「心配とかじゃなくて――」

「あーほら、練習すんだろ？　とりあえずこれ片づけねーと」

互いの作ったラテを立ったまま飲んだ。インスタントとはいえ、ひと手間かけてまろやかなミルクを混ぜると悪くない。でもそんなには飲めない。

「一日三、四杯が限界だな。まあ、講習って直前だろうし毎日やってりゃ間に合うか……」

計の算段を聞いて、潮はちょっと笑った。

「何だよ」

「練習だから作って飲まずに捨てる、ていう考えはねーんだなと思って」

「当たり前じゃねーか。え、なに、お前捨てんの？」

「いや」

「だろ」

「俺は一般人だから」

「一般人の意味が違うだろが」

「分かってんだけど、お前の小市民的な常識に触れるとほっとする」

「非常識だと思ってんのか！」

「俺たちの二度目の出会いを思い返してみようか」

「忘れた」

都合の悪い話には耳を塞《ふさ》ぐ主義なのでぐいっとマグカップを空《から》にすると、そこに新しいコーヒーを作り足す。牛乳、もっぺんレンチンするか。

「……おい」

フォーマーを手に取ると、なぜか潮がぴったり後ろに張りつく。

「コツ教えてやるよ」

「自力で習得するし……動きにくい」

「まあそう緊張すんなよ」

何でこう、最短距離で図星ついてくるかな。

「してねーよ」

すこし温めすぎたかもしれない。むわむわ湯気を立てる牛乳を攪拌《かくはん》する計の腹の前で、潮の両手が組み合わされている。石を彫刻刀で削《けず》り出したようにぶっきらぼうな印象の指が、何をする時にも憎たらしく器用に動くのを計はよく——そう、いちばん知っている。

「ていうか」

「うん？」

こっちの余裕がない時に限って優しい声を出す。

「クリスマスイベントのことなんて、俺詳細に話したっけ」

「詳細はお前のかわいい後輩が送ってきてくれる」

「……それさ、どうなんだよ」

「他意はねーよ。向こうもそうだろ。知人以上友人以下って感じ？」

それならそれで好きにしろって話だけど。

「言うなよ」

「何を……ああ、この自主トレのこと？　言わねーけど察すると思うぞ」

「いーんだよ」

「皆川だったらさ」

計の肩に顎《あご》をのっけてしゃべるものだから、耳に髪の毛がこすれてざわざわする。

「へたくそでも気にしないんだろーな。本番で失敗したってむしろネタになっておいしいみたいな」

「どうせ俺は面倒くさいよ」

「うん、でもこすっからい小細工してるお前のほうが好きだからいいや」

面倒くさいを否定されなかった上、さらに悪い形容が加わったというのに、「す」と「き」の二文字で帳消しになってしまうのはどんなイカサマだ。終わりよければすべてよしってこういうことか？

いや違うな。

「ほら、泡立ちすぎてんぞ」

これだけ密着していればこっちの動悸《どうき》も把握していそうなものなのに、言った当人ときたら一秒後には元のテンションだし。

「分かってるって——」

慌ててフォーマーを引き上げ、コーヒーに手を伸ばすと、上から潮の手が重なってくる。

「何だよ!」

「教えてやるっつってんだろ。ほら、カップはこの角度な、覚えた?」

ぎゅっと指を押さえられると、そこが口だったように計はものが言えなくなってひたすらこくこく頷いた。

「そんでピッチャーは、こう」

同じように操られてピッチャーを持ち上げる。とぷ、と計にはできない思いきりのよさでミルクが落ち、コーヒーの表面がぐるぐると淡いキャラメル色になった。

「で、ぐっと近づけて——」

丸い泡の蓋《ふた》が表面にふわっと浮かぶ。

「あ」

できた、と言おうとしたら潮は急にピッチャーをじぐざく動かした。

「あ!」

ぽっかり白い膜が、たちまちぐにゃぐにゃのマーブルに変わる。

「何すんだよ！」

「『ゴースト』ごっこ」

「あれは陶芸だろ」

「うん……手、ちょっとかさかさしてんな」

「番組内で風邪とインフル同時に流行ってんだよ。ことあるごとに消毒しまくってる」

自己管理のなってない愚民《ぐみん》どもが続々とやられやがって——とは思うが季節柄いたしかたない。特に年末年始となれば外注のスタッフが各局の特番に駆り出されていつも以上に人の行き来が激しくなる。

「後でハンドクリーム塗ってやるよ」

「今塗れ」

「後で」

何で、と訊けない。

パーカーの、もったり厚いフードをかき分けて鼻先がうなじに触れる。潮のそこは、犬みたいにいつもひんやりしている。行為の最中、つめたい鼻頭《はながしら》にちいさな汗の粒が浮いているのを見ると、計は何となく取り返しのつかない気持ちになる時があった。後悔でも迷いでもなく、何とも漠然とした、ゆるゆる歩いてきた道を振り返ったらいつの間にか満潮になっていて足跡もなくなっていて帰れなくなっていたみたいな。

でも怖くはない。

「お前の、首すじのにおい好き」

いつの間にかまた胴体を抱きしめながら潮がつぶやく。子どもが、犬好き、とか、カレー好き、という時のようにそっけなく無邪気な声で。

「限定かよ」

「とりわけってこと」

と言われても、首のにおいなんて意識したことも自覚のしようもないから恥ずかしいんだけど。

「……ちゃんと洗ってるし」

「そういうことじゃねーし。風呂入らずに来た時のが好きなぐらいだけど」

「変態！」

「何でだよ」

「じゃあ非常識だ……」

「そんぐらいなら許容範囲」

お互いさまですし、と服の裾《すそ》をたくし上げて素肌に触れた手は熱かった。コーヒーのおかげか。

「こら」

「講習代」

「教わってねえよ！」

白いあぶくはまだコーヒーの表面で微妙な対流に躍《おど》っている。それを見下ろしているとくらくらしてきた。

「俺、カフェイン摂《と》るとてきめんに目が冴えるんだよ」

えりあしをたわむれに食《は》みながら潮がささやいた。

「……だから、責任取って」

「あ――」

ステンレスの作業台に手をつくとつめたい。でもすぐに、曇《くも》りそうなほど発熱するのを知っている。


数日後、潮の家に行くとキッチンには大きなエスプレッソマシンが鎮座《ちんざ》していて目を剝《む》いた。大きな、というか機械としては小型の部類なのだろうが、古くて狭い場所にぴかぴかのそれはことさら仰々《ぎょうぎょう》しいというか、ご神体《しんたい》めいて見えた。

「これ……」

「買った」

こともなげに潮は答えた。

「ええ⁉」

「どーせ練習すんならちゃんとしたやつのほうがいいだろ。ほら、スチームノズルついてるからこれで泡牛乳すぐ作れるし」

「そりゃそうだけど……」

数時間×数日のお勤《つと》めのためにそんな、という計の戸惑いを見透かして「俺も普通に使うし」と言う。

「そんな高いやつじゃねーから気にすんな。ま、ちょっと早いクリスマスプレゼントだと思えば」

「……うん」

嬉しくない、わけじゃないが、お前、そんな、クリスマスプレゼントとか、俺がまだ計画さえできてない行事をいともさらっとこなしやがって。エスプレッソマシン、適度な特別感と使い途《みち》があって値段もそこそこで見栄えもする、プレゼントとしては及第点《きゅうだいてん》だと思う。

で、俺はどうするべきかっていう。

「せっかくだから淹《い》れてやるよ」

届いたばかりの機械を、もう慣れた手つきで扱う潮の背中を眺めながら、こいつ何欲しいんだろうと考えてみた。ここにある大事そうなものといえばパソコン関係ぐらいか。プロ仕様はさっぱり分からないし、たぶん値が張りすぎる。周辺機器とかほどよいソフトだとちょっと味気なさすぎるというか、こっちだって多少は驚かせてやりたいし——や、あくまで「負けず嫌い」っていう動機ですから。

服も靴もこだわりがなさそうだし、時計は作業の邪魔だから日常的につけない。じゃあこじゃれ雑貨か。タオルとかリネン類……実用的すぎ。食器？　それこそデミタスカップとか……かわいい感じがしていやだ。あれこれ思いを巡らせても「サプライズ」の一点で要素が欠ける。潮のことだから、何を選んだって最終的にはちゃんと喜んで身に着けるなり使うなり、するだろう。贈り甲斐《がい》がなかった、なんて結果には絶対ならない。だから悩むのだ。

「もうすぐできる」

「ん」

潮の家にはちゃんとしたダイニングセットなどはなく、折りたたみのテーブルに折りたたみの丸椅子が二脚、台所のすぐ傍に置いてあるだけだ。しかもメーカーは全部ばらばら。キャンプでだってもうちょっといいの使うだろ、と思うが、その構わなさが何となくここではしっくりはまっても見えた。適当なのに貧乏くさくはないっていうか——欲目か？　落ち着け俺。

「できた」

合板《ごうばん》のテーブルに置かれたマグの表面には、きのうよりずっと凝《こ》ったものが描かれていた。

「アサぞう……！」

ああ、また不覚。かわいいじゃねーかこの野郎。

「マドラーとつまようじで泡いじって作った」

「……時間かかる？」

「覚えたい？」

「うん」

今さら、百万回見たようなハートだの葉っぱよりはずっと。

「オプションだから別料金徴収《ちょうしゅう》するけど」

「どんだけ搾取すんだ！」

向かい合ってカプチーノを飲んでいると、潮が携帯を取り出した。

「皆川からＬＩＮＥ……『大晦日《おおみそか》に「爆笑ニュース大賞」のＭＣ入っちゃいました。まじつれーです』」

「ざまあって返信しろ」

「何でだよ。毎年やってるやつだっけ？」

「そう」

旭テレビと全国の系列局から、今年一年の面白いローカルニュースやら生放送の失敗やら集めて、いわば省エネリサイクルで大晦日の昼下がりを三時間埋《う》めようという消極的な特番。こたつでだら見するにはほどよいとも言える。

「ざまあとか言ったら、お前の失態が放送された時いじられんじゃねーの」

「この一年、雛壇《ひなだん》で笑いものにされるようなミスしてねーよ」

二十六日の金曜日で「ザ・ニュース」の年内放送は終わり、それと同時に計は正月休み突入だ。年末年始、泊まり勤務の当番もないし、九日間たっぷり休養させていただく。

「へー。アナウンサーってもずいぶん格差あんのな」

「ばかやろう、あいつなんかまだぺーぺーなんだからこき使われて当然」

「そんな違わねーし」

「俺だっていろいろやったんだよ過去の正月は。曇り空の初日の出をラジオで中継とか、自衛隊と一緒に富士山登ってご来光《らいこう》中継とか」

「いいじゃん富士山」

「冗談じゃねーよ、冬だぞ、死ぬかと思ったわ。今後道で富士山と遭遇したら殴りかかるレベルだわ」

「どうやって道で遭遇するんだよ」

「とにかく俺は苦労の果てにやっと正月だらけていい身分にまできたの！」

しかしこれ以上階段を上ると、それはそれで各方面から引っ張られそうだから要注意。

「万が一にも呼び出されないように二十八あたりでさっさと実家帰って――」

と、そこまで言って気づいた。

「お前って、正月どうすんの？」

「別にどうも」

もう、アサぞうの跡形も残ってないカプチーノを潮はマドラーで緩慢《かんまん》に混ぜる。

「通常運転だよ。どっか行くんだったらオフシーズン狙うし、何も変わりようがねーだろ」

「実家は？」

「わざわざ帰んのたるい」

たるい、以外のなにものでもない口ぶりではあったが、あまり突っ込まれたくない話題だという空気、それはそれなりのおつき合いだから分かる。だから計は「ふーん」とだけ返した。交通が不便とか折り合いがよくないとか住宅事情に難ありとか、理由を想像するのはたやすい。それ以前に潮の家族構成すら知らないんだった。ばーちゃんがどうこうとかは言ってたっけ？

計は、実家が好きだった。好き、というのもちょっと違うような気がするが、母親の小言さえ聞き流していれば上《あ》げ膳《ぜん》据《す》え膳《ぜん》、しかもすべてがタダ。何より素で過ごせる。しばしの息抜きとして滞在するには申し分なかった。

でも、こいつはどうやらそうじゃなくて。

「そうじゃない」家庭も人間も、別に珍しくない。いい大人の男だし。でもその晩、計の心には、濾《こ》しきれなかったコーヒーの粉みたいな、かすかなざらつきが残った。


十二月に入ると、例年のことながらさまざまに多忙だった。年末調整（これはそんなにかからない）、年賀状の準備（滅びろ、こんな悪習）、それに「ザ・ニュース」の年末企画用の会議だのロケだのナレーション録《ど》りだの。合間にカフェの講習も入ったが、文字どおりに身体を張ってマンツーマンで予習したおかげで当然あっさりとクリアした。

——弟子の仕上がり具合見に行くわ、カフェ。

——やめろ絶対やめろ。

シフトは不規則でもどうせ竜起があっさりばらすだろうし、どうやって思いとどまらせようかと悩んでいると、十八日にメールが入った。オープン初日のカフェに入る直前だった。

『熱出た。インフルだった。お前しばらく出禁《できん》な』

何じゃそりゃ、と会社にいるにもかかわらず声が出そうになった。拍子抜けっていうか、でもほっとしたまで言うと人でなしだな俺。平熱に戻っても数日は要注意らしいから、年内のオンエアが無事終了するまでは近づかないが吉だろう。何があろうと、演者《えんじゃ》である自分がこの時期インフルエンザにやられるわけにはいかない。どうせ忙しいし、ちょうどいい、のか？

「都築さん、インフルらしいっすね」

カフェで接客している合間に、竜起がそう話しかけてきた。計はにこっと笑い返す。

「詳しいね」

訳・何でお前がそんなこと知ってんだ。

「年末、どっこも行かないんだったら飲みに行きましょーよって誘ったら寝込んでるってLINEきて。心配すね。どっからもらったんだろ」

「うーん、でも大丈夫じゃないかな」

訳・てめーには関係ねーだろ。

「じゃあ、年明けたらまたって返信しよ」

「まめだね」

訳・しつこいな。

「ところで国江田さん、前髪邪魔じゃないすか？　俺のこれ、一個使います？　受付の女の子にもらったんですけど」

と竜起は額に三つ並んだパッチン留めを指す。あーあざとい。あざといわー。絶対俺かわいいぜとか思ってる。

「いいよ、皆川くんみたいに似合わない」

訳・アホづらの仲間だと思われたくねーよ。

「そんなことないすよ、ほらほら」

「あ、ごめん、注文取らなきゃ」

さっと竜起の手をかわし、偏差値八十オーバーの愛想《あいそ》をまきちらした。


オンエア後の深夜、病人に連絡を取る時間帯じゃないとは重々承知だが、どうしても気になって電話をかけた。

『もしもし』

「……寝てた？」

『寝てた、つーかずっと、寝てんのか起きてんのかよく分かんね』

言葉どおりに潮の声は茫洋《ぼうよう》として芯《しん》が定まっていなかった。熱でぐらぐらしているのかもしれない。

『カフェ一日目、どうだったよ』

「年内は一秒も笑いたくねーぐらい疲れた」

『始まったばっかだろ……あーあ、俺も行きたかったな。お前の呪《のろ》いか？』

「ちげーよ！」

つい、強く否定してしまった。潮は「何だよ」と普段より力のない笑いを洩らす。

『冗談だよ、なにむきになってんだ。疲れてんだろ、早く寝ろ』

「寝るよ。寝るけど……お前、水とか食料とか、足りてんのかと思って」

引きこもりがちになるから、と備蓄せず何でもこまごま買い足す主義なのを知っている。

『あー……コンビニぐらいなら行けるし』

「外出んなよ。買ってってやるから」

『いいよ別に。万が一にも伝染《うつ》したら設楽さんにも申し訳ない』

「玄関先にさっと置いて五秒で出るから」

『いいって』

そこで潮の声は硬くなった。

『子どもじゃねーし、買い出し程度で行き倒れねーから』

「こっちこそ届けものしたぐらいで伝染らねーよ！　何へんな意地張ってんだ」

と、いつもは張る側の計が責めると「嫌いなんだよ」とはっきり言われた。

『俺、具合悪い時人が傍《そば》にいんの、いやなんだ。気が散るっていうか、だから——うん、とにかく気にすんな、仕事頑張れ』

「……分かったよ」

見栄や意固地なら文句を言っただろう、でも潮の言葉は単なる本音で、「俺はこうだから」という理由でしかなくて、日頃それを許されている側の計だから反論できなかった。電話を切ってから「野生動物かよ」と毒づきはしたが。じっと巣にこもってひとりで傷を舐《な》めて治したいだなんて。

人がいるのがいや、なるほど、でも俺はただの「人」とは違うんじゃないのかよ、俺にとってのお前がそうみたいに——そう、はっきり訊くことが臆病な計にはできない。身体も頭も煮えている状態だと辛《しん》らつな答えが返ってきそうで。

潮は優しい。でも潮はこっそりと複雑で面倒くさい。そこに直面するたび、うわべばかりで貧しい自分の対人スキルを痛感せざるを得ない。もちろん、隠された面倒くささを知っていくのも「特別」には違いない。

どっからもらったんだろ、と竜起は言った。呪いか、と潮が言った。真剣に悩むような問題じゃないし悩んだってしょうがないけど、もしかしたら自分経由で潮の家にウイルスを持ち込んでしまったのかもしれない。

だからこそ、五秒でも三秒でも会いたかったのに。

『クリスマスは旭テレビに集合！』

音量を絞《しぼ》ってつけていたテレビから聞き飽きたCMが流れ出し「うるせーよ」とリモコンの電源ボタンに爪《つめ》を食い込ませた。クリスマスが何じゃい。

トナカイ連れのじじいに道で遭遇したら、絶対殴ってやる。


二十四日、クリスマスイブのオンエアが終わると、ADが慌ただしくスタジオに紙コップや紙皿を配り始めた。大きなホールケーキが運び込まれ、ケータリングの骨付きチキンだのサンドイッチだのがテーブルに並ぶと竜起が「何これ何これ」と喜んだ。

「みんないる？　副調整室《サブ》からも全員集まった？」

設楽が真ん中に出て「クリスマスまでお仕事お疲れさまです」と頭を下げる。

「ささやかにパーティと、早めの納会《のうかい》ってことで。あ、約束ある人は帰っていいからね。そんで二十六日はオンエア終わったら即解散、反省会なし。反省しませーん」

盛大な拍手が起こった。

「そんじゃ、ま、メリークリスマス」

シャンパンの栓《せん》があちこちでぽんぽん抜かれる。

「国江田さん、シャンパン注《つ》ぎましょうか」

「あ、いや、今、あんまり体調がよくなくて」

会社でアルコール飲んだって楽しいわけがない、と思っているのでADの申し出を固辞《こじ》して烏龍茶《ウーロン》をもらった。さっさと帰りたいが、このムードの中「お先に失礼します」とはなかなか言いづらい。竜起の話に適当な相づちを打ちながら早くお開きになんねーかなとそればかりを考えていると、十一時半を回った頃、スタジオに人が飛び込んできた。

「設楽さんすいません、アナウンサー誰かお借りできませんか?」

「なに、どうした」

「この後の深夜ニュース、人がいなくて。トイレ行ったっきり戻ってこないなと思ったら倒れてました。風邪かインフルだと思います」

またかよ。

「泊まりの誰か、いるだろ」

「それが、アナ部も病欠多くてぎりぎりなんですよ。代打でラジオに回ってたり」

「じゃあ俺が読もうか」

真っ先に申し出たのは麻生だったが「それはさすがに」と設楽が苦笑した。確かに五分のショートニュースの枠《わく》では違和感がありすぎる。存在がはみ出してしまうのだ。

「御大《おんたい》駆り出したら俺が後で怒られるよ。となると、国江田か皆川、だけど……」

「……っく！」

すでにシャンパンのボトルを半分空けていた竜起が、しゃっくりで返事をする。

「あ、駄目だこりゃ。ごめん国江田、いいかな」

「はい」

優雅に請《う》け合《あ》ったものの、内心ではもちろん冗談じゃねえと思っている。揃いも揃ってドミノみたくバタバタ気軽に倒れやがってプロ意識ってもんはないのか？　あーやっぱり何が何でもさっさと逃げとくんだった。予定なんかないけど。傍にいるのがいや、の度合いが分からないからおちおちメールもできない。

オンエアは十一時五十五分なのでもうぎりぎりだ。スタジオを移動し、原稿の下読みをする。ストレートニュース五本、プラス天気。まあ楽勝だけど、他人の不手際の後始末というのがむかつく。しかし苛立ちはおくびにも出さず発音や言葉の区切りに注意すべきところに赤ペンでチェックを入れた。

「国江田、無茶言ってごめんなー」

報道のデスクが手を合わせながらやってくる。

「いいえ」

「でもあれだな、こんな地味な枠に国江田計使っちゃうのもクリスマス特別バージョンって感じで悪くないよな」

「あはは」

吊るしたい、ツリーから。

「スタンバイお願いしまーす」

ピンマイクを着け、セットのワンショットテーブルにつく。十秒前からのカウントが始まると一度だけ長いまばたきをし、テレビに出る貌《かお》を作った。

五秒間のタイトルロール、明けてごく軽く会釈《えしゃく》し「この時間のニュースをお伝えします」の決まり文句。殺人事件の容疑者逮捕、交通事故、火事、宝石店の泥棒ときて、最後はいわゆる「我が社もの」だった。

「クリスマスイブのきょう、旭テレビで開催中の『クリスマスガーデン』にも終日たくさんの家族連れやカップルが訪れ、プロジェクションマッピングによる映像やLED照明を使ったイルミネーションを楽しみました」

リードを読んだ後、VTRへ。原稿には「プロジェクションマッピングON・四十秒メド」と書いてある。

見慣れた社屋の壁面が映った。そこに、やっぱり見慣れた――潮のつくった宇宙人が現れる。だだっ広い宇宙で、UFOの中から双眼鏡で何かを探している。何かを見つけ、びゅうんと飛んで行く。

無重力を泳ぐ巨大なチョウチンアンコウに遭遇して慌てて逃げ出す、ひまわりが一面に咲いた星や、黄金でできた星に降り立つ。でもふたりは顔を見合わせ、かぶりを振る。

やがてとうとう見つける。闇の片隅に光る黄色い小さな星を。

その星を、特設スペースに持ち込まれたクリスマスツリーのてっぺんにかざすと、同時にツリーが点灯《てんとう》した。二次元と三次元がぴったりリンクする構成に、拍手と歓声が上がる。

そうだ、忙しくて見る暇もなかったな。

『きれいだった！』

『すごーい、感動しました』

この声は、潮に届いてるんだろうか。ひとりでいたい時にはそれも煩《わずら》わしいんだろうか。

会いたい、と猛烈に思った。うざがられてもいいから会いたい。

お前が会いたくなくても俺は会いたい。

キューが出て、原稿を読み上げる。

「日が落ちると、サタンに扮《ふん》したマジシャンやジャグラーによるショーも行われ――」

……ん？

俺、今何つった？

「――失礼いたしました、サンタに扮したマジシャンやジャグラーによるショーも行われ、寒さにもかかわらず、観客は熱心に見入っていました。この催《もよお》しはあさって、二十六日の夕方まで行われます。

以上、ニュースでした。続いてお天気です」

瞬時に軌道修正し、訂正を入れたぶんこぼれそうな原稿は読みのペースを速めたので尺的には問題なかった。画面に現れるウェザーのCGに従って概況《がいきょう》とあすの予報、週間天気を粛々《しゅくしゅく》と読み上げ、エンドロール。

オンエアが終了すると、計は立ち上がって「すみませんでした」と頭を下げた。

「一ヵ所、読み間違えてしまいました」

「あ、いや……こっちこそいきなり代打頼んだから、国江田も疲れてんだろうし、弘法《こうぼう》も筆の誤りっていうか……」

なぜか異様にあたふたしているデスクに「以後気をつけますので」と重ねて詫《わ》び、スタジオを後にした。まだパーティは続いているらしく、控え室は無人だったので淡々と着替え、アナ部からかばんを引き上げてタクシーに乗り込む。

今の心境を表すなら、動物園のすべての動物が吠《ほ》え狂《くる》っている状態とでも言おうか。がおー、ぱおーん、きーきー、うほうほ、にゃーにゃー……猫はいねえよ。

……あああああああああああ。

タクシーの窓に頭をごんごんぶつけたい衝動を必死で真顔の下に押し込む。

噛んだ。この俺が。しかも下読みまでした短いストレートニュースごときで。ていうかサタンて。よりにもよってサンタがサタンて。お前らまぎらわしいんだよどっちか改名しろ。

ていうか全部お前が悪い。

治っていようがいまいが知るか、いやな顔をちらりとでも見せようものなら張り倒して俺が犯す。

そう決意して、潮の家の前に車を横づけする。鍵を開けて二階に駆け上がり、ものも言わず照明のスイッチを残らずオンにしてやった。

「……まぶしいな、全部点《つ》けんなよ」

もぞもぞと動いた布団の主は、口調から察するにもういつもの潮で、ほっとした。

「うっせー」

コートとかばんを床に落とす。

「……具合は？」

ベッドに乱暴に腰掛けて尋ねると、潮は「よくなった」としれっと言った。人の気も知らずにこのバカ。

「タミフルよく効いた。……怒ってる？」

「別に」

「そっか。ごめんな、サタン」

前のめりの姿勢から、床に向かってダイブするかと思った。ぱっと振り向くと、布団にくるまったままの潮が身をふるわせている。

「……お前！」

「サンタがサタンとか……」

「何見てんだてめー！」

「視聴者がテレビ見て何が悪いんだよ」

潮はとうとう布団をはねのけ、大笑いし始めた。

「やばい、ウケた、死ぬかと思うほど笑ったのにお前の顔見たらまた面白い」

「じゃあひと思いにとどめさしてやろうか」

「だってお前、トレンドワードの一位だしサタン、クリスマスなのにサタン。やーすごいな、人気アナウンサーの発信力は」

「うっさい‼」

今なら地上に侵攻《しんこう》してもいいんだぞサタン。

「いつまで笑ってんだ」

振り上げた手を摑まれ、そのまま引き寄せられる。

「あー、やっと会えた」

「お前が会いたくないいつったんだろうが！」

「俺の中のサタンが言わせたんだよ」

「もっぺんその単語口にしたらまじで殺す」

ベッドの上に倒されれば、敷布は潮の巣ごもりのおかげで温かい。冬場、自分の体温だけで快適な状態にもっていかなくていい寝床、というのがとても久しぶりな気がしたが、考えてみたらずっとそれが普通だった。たった一年前の日常を、計はもう忘れかけている。

「……何だよ」

ネクタイの結び目をほどくため屈《かが》みこんだ潮がぐっと顔を寄せてきて、キスされるのかと思いきや、なめらかな額が鼻の頭に押しつけられた。

「つめたくねーな」

「タクシーで来たし」

「そか。俺、お前のひやっこい鼻好きなんだけどな」

「嬉しくねーわ」

首のにおいだのつめたい鼻だの、自分でもちょっと共感できる部分があるのが悔しい。もっと虚栄心が満たされる褒《ほ》め方をしやがれ。嬉しくない、ああちっとも嬉しくない。

嬉しくないのに、どきどきするんだ。

するっと首の後ろをこすって引き抜かれたネクタイが床に落とされ、今度こそだろうと思って目を閉じたら、明らかに唇じゃない、というか人体じゃないひんやり硬いものが額に落ちてきた。

「へ？」

目を開ける。至近でぼんわり光っているのは、スマホの液晶だ。

「でさ」

潮がそれを持ち上げ、笑う。

「サタンの反響をリアルタイム検索して楽しんでたら、こんなもん見つけたんですけど」

「は？」

再び眼前に突きつけられたのは、誰かがツイッターに上げたと思《おぼ》しき写真だった。

「あ……」

竜起の手が計の髪に伸びている。約一週間前、強引に髪留めをつけようとした時のワンカットだろう。計の絶やさぬ営業用笑顔と角度のせいもあり、頭を撫でられてそれはそれは仲睦《なかむつ》まじくじゃれ合っている光景に見える。『やばい、超仲良さそう』と状況を補強するかのようなつぶやきまでセットだし。

どこのどいつか知らないが、百万歩譲《ゆず》って盗撮は許してやろう。お仕事中だし、まあそういうサービスも暗黙のうちに含まれた催しだから。しかし何でわざわざネットに載せる？　そろそろ非ＩＴ革命だって起こっていいんじゃないのか。

「国江田アナのご感想は？」

「ド素人《しろうと》の撮った写メでも俺のオーラ半端《はんぱ》ねえな……」

「へーえ、そんだけ？」

見下ろす鼻のつけ根にちいさなしわがきゅっと寄ったが、平気平気、と計は自分に言い聞かせる。本気で怒っている気配じゃない。ちょっとからかってやろうと思っているだけだ——くらいの空気はこっちだって読めるようになった、はず。

「そんだけって別に、何もねーし、触られる前にかわしたし、男らしくねーことぐちぐち言うなよ」

「あーそーね」

気がなさそうに頷くのを見て、勝った……と思った。遊びでやきもち焼かれて誰が殊勝《しゅしょう》になるものか。

「おい、絵に描いたようなドヤ顔してんなよ」

「悔しいか」

「うん」

「人間、素直がいちばんだな」

「お前には言われたくねーな……」

もっと突っ込んでやりたかったのに、言葉も息も唇の中に吸い取られた。遠慮なく塞《ふさ》がれて貪《むさぼ》られて、酸素が足りないと首をかっちり固定するシャツのカラーが煩わしくなるタイミングで絶妙に前を開けられる。ボタンに指がかかる時も苦しくない。ひとりでに糊《のり》が剝《は》がれるようなさりげなさ鮮《あざ》やかさで、単なる器用さだけじゃない熟達を感じると計は別の意味で苦しくなるのだけれど。

そう、気軽に口に出せる時点で全然嫉妬じゃねーし。

「……おい、いてーよ」

腹立ち紛《まぎ》れにすこし強く、潮の下唇を嚙んでしまった。

「腹減ってんのか？」

「違うわ」

「ああ、じゃあ興奮してんのか」

「もっと違うわ」

「ほんとに？」

鎖骨《さこつ》の盛り上がりを強調するようになぞられる。万が一、万万が一、潮以外の他人に触れられたところで「あ？」（濁点《だくてん》つき）という声しか出せないだろうに。

「……ぁ」

左右対称に皮膚を押し上げる湾曲《わんきょく》の下には、また違う対称が淡い色を浮かべている。ちいさくて、まだやわらかい。でも捉《とら》えられた瞬間からじわっと性感が寄り集まって確かな芯を持ってしまう。

「ん、」

飲み物の好みで、喉仏の動きはすこしずつ異なると聞いたことがある。ならこんなふうに息を飲む時、自分の筋肉は違う反応をしているのだろうか。

「あ……っ」

すっかり固く芽吹いた尖りを舐める潮の舌は熱かった。きつい吸着《きゅうちゃく》に腹の底から快感が引きずり出されてくる。それはずるずると途切れなく、計にも終わりが見えない。蜘蛛《くも》の糸みたいに全身に張り巡らされてしまう。

「……っと、ま、て」

「ん？」

ベルトに手がかかった時、計は残り少ない理性を総動員して止めた。

「……電気」

「うん」

「いやうんじゃなくて。消せよ」

「お前が点けたんだろ」

「こーゆーつもりじゃなかったから！」

「またまた」

「とにかく消せって！」

「病み上がりだから動けねーんだわ。今も振《ふ》り絞《しぼ》ってるから」

「よくそんな臆面《おくめん》もない嘘つけるな」

「だからお前が言うなよ」

「うっせー……いい、もう、自分で消す」

「はーい」

なんていい子の返事をしたくせに、潮は計の上から退《ど》こうとしない、どころか服の上から脚の間に
ねっとりと手を這わせた。

「あ、や……っ」

肩を押しのけるはずだった腕から途端に力が抜ける。

「消すんだろ？」

「バカ、やめろ」

かたちの変化を、手のひらで明確にされてしまう。これはまずい、と計は本格的に慌てた。こんなしらじら明るい場所でやりたくないし、やる手前の段階でもっと切迫《せっぱく》した問題が。

「やだ、まじでっ……」

「やだって反応じゃねーよな」

「や――や、じゃあ、自分で脱ぐ」

「お構いなく」

「こっちが構うんだよ!! あ、こら、」

ベルトを死守しようとした手は虫でも払うがごとくぺいっとはたかれ（優しさが足りない）、憎たらしい手際で前を開けられてしまえば、一〇〇％の明かりの下でどうごまかすこともできず。

「――ん？」

潮はけげんそうにへその下を見つめ、すぐ「ああ」と合点《がてん》がいった顔で頷いた。

「何だ二枚はいてたのか。どうりでいつもと手触りが違うと思った」

手触りってそんな、薄手だし、外からは全然分からないし。

「……だから暗くしろっつったんだよバカ！」

「え、何だよ、別にいいじゃん、毛糸のパンツ」

「はっきり言うな！」

「いやまじで、何が恥ずかしいの？」

「うっさい！　お前なんか額にデリカシーって刺青《いれずみ》しろ!!　バカ！　無神経！　死ね！」

急に外ロケを命じられる時もあるし、風邪引くわけにいかないし、寒いの嫌いだし、決して決して好きではいているわけじゃない、から人目に触れさせたくなかったのに。

「自己管理の一環で仕方なく装着《そうちゃく》してんだよ！」

「あーえらいね、バカだから風邪なんか引くわけないのに」

「まんまと引いたバカが言うな！」

「いやインフルだって」

もっとバカだろ。

「今さらさあ……ていうかお前の場合、普段からもっと恥ずかしがるべきポイントがあるだろ」

「ない!!」

「えー……」

しかし計の赤面具合に少々思うところあったのか、潮は「しゃーねーな」とため息をついて立ち上がり、ベッドランプ以外のスイッチを切った。計はその隙に大急ぎで下着まで脱いで布団に隠れる。

「はやっ」

苦笑してスプリングに乗り上げると、そっぽを向いた計のこめかみにくちづける。

「ていうことは何、いっつも風呂入って着替えてうち来るだろ、そん時はわざわざ脱いできてた？」

「近所なのに敢《あ》えてはき直さねーよ」

「いやいや、湯冷めしますし」

「それ以上バカにしたら帰る」

「してねーよ、バカだな」

「返す言葉でしてんじゃねーか！」

「ちーがうって」

ふ、と吐息で耳をくすぐり「嬉しいんだよ」とささやいた。

「俺のことちゃんと、そういう意味で意識してくれてんだなと思って」

何言ってんだかこのバカは、と呆れた。してるだろ、意識なんか。普段からしまくっているのに分からないのか。

「何でもかんでもさらけ出してくれるのも嬉しいけどさ」

「……難しい」

「あー、俺結構めんどくさいのかもな、お前といるようになってから思った」

裸体の下に巻き込んだ布団の端を軽く引っ張られる。今まで気づいていなかったとは呆れた話だ。

「中、入れて――やらしいことさせて、計」

ああ、一度でいいから「お断りだバカ」って言ってやりたい。それで、うんともったいぶって潮の必死を笑ってからスポイトで水を垂《た》らすみたいにすこしずつ与えてみたい――という欲求を裏切るのは、いつだって計自身の欲望なのだった。

やらしいことされたい。

さっきよりなお熱い舌を、舌で味わう。そこが性腺《せいせん》みたいにどんどんあふれる唾液を飢餓《きが》じみた貪《どん》欲《よく》さで啜《すす》られた。

「あっ、あ……」

興奮の引きかけていた乳首をもう一度刺激される。折り曲げた指の関節で猫の顎《あご》でもかわいがるようにすりすりこすられると手に負えないほど疼《うず》き、血赤めいた爛熟《らんじゅく》に染まって愛撫を誘う。

「やらしー色」

「やっ……!」

なめらかな前歯のエナメルに咎《とが》められ、いっそ剝き出しの肉に食いつかれても痛くないような気がしてくる。息を吹きかけられただけで肌がふるえるようになるまで手指と口唇《こうしん》で弄《いじ》り回すと、潮は張り詰めた下腹部を撫で上げた。

「ああっ……」

下肢《かし》からさかのぼった快感がつむじのあたりにざわっと集まり、それから頭全体をじわっと浸《ひた》していく。計の喘《あえ》ぎには官能と焦燥《しょうそう》がまだらに混じった。もっと、もっと気持ちよくなりたい。言葉にならない求めに、潮は昂《たか》ぶりを含んで応える。

「あ、あっ、んん――」

遠慮もちゅうちょもなくあちこち舐められてぴんとしなる角度はどんどん切迫していく。脈の強さを測るように押し当てられた舌の表面の、生々しくぬるついたざらつき。裏側の、根元に近い部分をしきりと摩擦《まさつ》する指の腹。達《い》きたくて向かっているのか、達《い》きたくないのに追い詰められているのか、分からなくなってしまう。

くわえた唇で、あられもなく上下に施《ほどこ》されると計は性器の先端がじわっとにじむのを自覚した。

「ん、やぁ……」

ぷく、と亀裂《きれつ》の狭間《はざま》で浮かんだしずくはすぐに掬《すく》い取られ、すると身体は舌先の催促《さいそく》を悦《よろこ》んでどんどん分泌《ぶんぴつ》してしまう。小刻みなけいれんは射精に近く、浅く長くいっているような感覚に悶《もだ》えた。

「あっ、あ、あぁっ」

「どんどん濡れてくんな」

「や！　あ……」

体液でみだらに赤らんだ頭部を、今度は指の輪に扱《しご》かれて腰が勝手にもの欲しげな動きに揺れる。

「ローション……いらねえか」

「あっ」

奥を探った指が、こぼし続けているもののとろみを閉じた口に押しつけた。膝を胸の近くでたたまれると、性器よりひそやかなところまであらわになる。

「やだっ」

視線にさらされてわずかにわななないた拍子に指をくわえさせられ、ちっとも痛くないのが恥ずかしい。

「やらかい」

「ああ……っ」

ゆっくり根元まで挿《さ》し込まれた長い指が、同じだけの時間をかけて出ていく。その往復を数度繰り返されただけで内部は拒絶という反射を忘れてしまう。

「ほら、二本目」

「っ、あ」

優しく身体のなかを手繰《たぐ》られ、発情に炙《あぶ》られて性器はいっそう膨《ふく》らむ、のに弾《はじ》けるためのもう一歩が足りない。

「……っと、もっと……っ」

「もう一本？　もうちょっと慣らさないときついだろ」

「ちがう、もっと……」

「うん？」

「や、やらしくこすって……」

どういう伝え方をしたらいいのか考えるほどの理性も余裕もなく頭を打ち振り、熱の取れない頬を枕にすりつけながら計はねだった。

「――こう？」

「ああっ！」

探る、んじゃなく暴《あば》く激しさで指の長さいっぱいに突かれた。

「あ……っ、あ、んっ」

性欲のありかを内側から繰り返し思い知らされ、夢中で自分の膝裏を抱える。

「あ、だめ、だめ、そこ、すぐいくから――」

「出したいんだろ？」

「出したい、いきたい、気持ちいい、いい、潮……っ」

「いくとこ見てていい？」

いやと言っても聞かないくせに。意地悪いからかいに文句が言える状況じゃなく、はしたない格好でこくこく首を縦《たて》に振った。

「……やっぱ電気、点けときゃよかった」

「やだ、ぁ」

「うん、また今度な」

「や、だって――あ、ああっ……！」

潮はぐるりとなかを攪拌しながら弱いところを責め立て、長く尾を引く絶頂が計の胸や腹をよごした。

「あ、いや……っ」

まだ全部出きっていないのに、指を食い込ませたままのところに舌まで忍んできた。

「あぁ……！」

体表との境目を難なくくぐり、弾力で弾力を、粘膜《ねんまく》で粘膜をとろかして、下の口をひくひく喘がせる。入りやすいように指と指の間で交接《こうせつ》のふちを拡《ひろ》げ、「真っ赤になってる」と言った。

「暗くても分かる」

「や――」

「ああ、ごめんな、恥ずかしいよな。俺も終わってから反省する時もあるんだけどさ」

「ばか、意味ない……っ」

「だな、じゃあノー反省で」

「じゃなくて、あ、っあ、あぁ……！」

脚を抱え上げられるのとほとんど同時に覚えのある（でも絶対に慣れることはないだろう）熱をすりつけられた。それはたっぷりと潤《うる》んだ後孔《こうこう》を容赦《ようしゃ》なくひらかせ、甘い圧迫で計の身体をつくり変えてしまう。男を受け容《う い》れてうんと悦ぶように。

「あっ、あっ、やっ……んん……っ！」

潮が、充《み》ちる。内腑《ないふ》に、肺に、髪や爪にまで。抱えきれない充溢《じゅういつ》が性器の管《くだ》を再び膨らませ、計は細く射精した。

「ん、あっ」

「こっちでいきぐせついちゃった？」

そんなの知らない、そんなのは怖い。でも言い訳のしようもない欲ぶかさで内壁は異物を締めつけ、しゃぶりついている。この熱さが、硬さが気持ちよくてたまらないと。身体同士の隔《へだ》たりへの苛立ちをぶつけるように奥まで繰り返し貫《つらぬ》かれるとその都度《つど》性感が弾け、鼓動と一緒に全身にばらまかれる。

「あ、ああっ」

呼吸も声も反《そ》り返る足の指も、もはや自分の思いどおりになるものはひとつもないはずなのに、つながった口だけは潮の律動に合わせてひらいたり引き絞られたりする。本来得るべきでない快楽を貪るこれは、本能と呼んでいいのだろうか。

繋がりたいと。瞬間の錯覚に過ぎなくても溶けて分け合って与え合ってひとつになりたいと。こんなにも好きだ。

「ん、あぁ……潮――」

精液をまとって立ち上がったままの乳首をめちゃくちゃに吸い立てられ、なかを擦る性器のかたちをいっそうくっきり意識する。は、と潮が荒い呼吸で肌をくすぐる。

「あんま締めんな」

「や、知らない、」

「よく言うよ。さっきからえげつないんだけど——ちょっとは加減しろ」

どの口で言うか。

「こっちの台詞《セリフ》、っあ、ん……」

過ぎた性感に手足はくにゃくにゃ脱力するのに、熱心な収縮で抽挿《ちゅうそう》を促《うなが》すのだけはやめない。

「あ、や、あ……っ」

「っ——」

潮が大きく息を、吸った。長くて短い終わりを予感して、寒気に似た期待で背骨をふるわせる。

「あっ、あ——ああ……っ」

液状の心臓が流れ込んでくる。いちばん深いところに鼓動のリズムで注がれながら、計も達する。同じ管でつながって、同じものを吐き出しているようだった。

「あ……」

計の胸に伏せた潮の重みを受け止める。まだ収まらない余韻が響き合う。潮がふと顔を上げ、いつもなら恥ずかしくてこんな間近で目を合わせられないのに、計は逸《そ》らさなかった。羞恥《しゅうち》に変わりはない、というかむしろ割増だけど、潮の目がきれいだったから。

あんなセックスしといて図々しい、と悔しかった。

「ずるいよな」

潮が目を細めて笑う。

「え?」

「ついさっきまであんなにやらしかったのに、今は、全然何にも知りませんみたいな顔してる」

「……知るかよ」

お前だバカ。

「ていうか、抜くの怖いんだけど」

「何で」

「溶けてなくなってないかって」

「アホか……」

指を絡めて、額をくっつける。なかを犯したままの潮がじょじょに温度を上げて、計の内部も陶然《とうぜん》の予感に粟立《あわだ》つ。

「……何が溶けてなくなってるって?」

「や、ほら、まだ分かんないし」

ちゃんと使いものになるかどうか、と軽く腰を揺らす。精液で粘《ねば》ってみだらな音が立った。

「あ——ていうかこのままいって、また同じこと繰り返すんじゃねーだろうな」

「それは終わってみないことには」

「むり、俺あと二日仕事……っ」

「大丈夫、国江田さんはできる子だから。上半身も下半身も」

「やっ――」

悪魔って、お前だろ。

このタイミングで「好きだ」って言うところとか。

甘い匂いがして目が覚めた。あと、フライパンでものが焼ける音。身体を起こすと、わずかな衣擦《きぬず》れが届いたわけでもないだろうがコンロに向かっていた背中は振り向いた。

「めし」

えさ、って聞こえるのは気のせいですか。でも枕元にはちゃんと計のジャージ――潮の家に常駐させてるやつ――が置いてあったので、もそもそ着替えて顔を洗うとテーブルについた。コーヒーの香りがぐっと濃くなる頃、計の前に真っ白な丸い皿が置かれる。うすく焼いたホットケーキが重なり、その上にたっぷりと生クリームが盛ってある。細く描かれたはちみつのラインと、周囲を飾る冷凍のブルーベリーと苺ジャム。

「コンビニで買える材料メイドのクリスマスケーキな」

カップをふたつ持った潮が言う。ラテの表面には、ちゃんとツリーが描かれていた。こんなに抜かりなくて、どうしてくれよう。一周回ってっていうのか、抱きつきたいとかよりは首絞めてやりたい気分。しないけど。衝動を発散するため、ケーキを三枚いっぺんに切り分け、こってりクリームをつけて大口を開けた。

「そのツラ、電波に乗せたらお詫び入れるレベルだぞ」

しょうもないところは褒めるくせしてこれだよ。普通、どんな顔でも魅力的だねとか言うだろ。計はフォークでラテをぐるぐるかき混ぜてやった。

「ていうか生クリームゆるくね」

「うち泡立て器ねーもん。これでもフォーマーで無理くり頑張った結果」

特別おいしいってわけじゃなく、ごくありふれた「ホットケーキミックスで作ったホットケーキ」の味。ああこれ、っていう。それは懐かしい、ということでもある。子ども時代、さしてひんぱんに作ってもらったという記憶もないのに。

クリスマスだから、と心躍らせた経験はなかった。誰に教えられるでもなくサンタクロースの正体など見当がついていたし、ケーキは嬉しいけど、特別に欲しいものはなかった。大人になって「おつき合い」のまねごとをしてみればイベントなんかもう苦行だ。こっちが贈るのは別にいい、予算とリサーチを擦《す》り合《あ》わせて答えを出すひとつの仕事と割りきるだけだから。でももらうのが嫌いだ。服でも靴でも時計でも、身の回りのものを他人に用意されるなんて気持ちが悪い。計はすべて計のものだし、似合うものも使いやすいものも好きなものも計が決める。期待する顔を作りながらいやいやラッピングを剝がし、その後は喜ぶ顔へと若干《じゃっかん》のスローをかけつつチェンジ。プレゼントを使うのは、呪いをかけられたみたいに息苦しかった。

だから、エスプレッソマシンという適度な距離感の品物を、しかも計の家に置かないというかたちでプレゼントしてきた潮は正しい。

でも、潮が服とか靴とか時計を寄越《よこ》してきても、きっと煩わしくないと思う。

いや、煩わしく思えない、か。

ざくざくケーキを掘削《くっさく》しながら「小二の時」と計は言った。

「クリスマスプレゼントにペン習字習わせてくれっつった」

「は？」

「通信教育のペン習字」

「何で？　字汚かったから？」

「汚くねーよ、汚いわけねーだろ、でも俺の理想とはちょっと違ってて、三年から書道の授業始まるし、基礎的なコツを習得しようと思った。教室通うのとかは絶対いやだったからな」

おかげで今や、フォントに採用してくれたっていいけど？　と思うほどの美文字アビリティを獲得、しかしこれも、家で自分しか見ないメモ書きだったりすると日本語の筆記体とも見える難解なミミズになる。

潮はフォーク片手にしみじみと計を見つめた。

「お前って……」

「意識高いだろ？」

「あさってな方向に突き抜けてんだよ。前から思ってたけど親の顔が見てみたい」

「……言ったな？」

「え？」

「言ったな、確かに言った」

計は決然と席を立ち、ベッドにたてかけられたかばんの内ポケットを探る。そして中にしまってあったちいさなチケットホルダーをテーブルに置くと、潮のほうへと押しやった。新幹線がプリントされた、みどりの窓口備えつけのものだからすぐ見当がつくだろう。

「え」

潮は繰り返す。

「そんなに見たいんなら見せてやるよ、親の顔。どーゆー教育されてんだとかも言ってたよな、二度目の出会いの時に」

「しっかり覚えてんじゃねーか」

ぺらぺらの紙でできたチケットホルダーから往復の切符を取り出し、日付を確かめる。

「何これがっつり年末年始?」

「どーせ暇なんだろ、ただめしぐらい食わせてやる。嬉しいだろありがたいだろ涙が出るだろ」

たたみかけたのは結構本気で緊張しているからで、そういう時の潮は、絶対に計をバカにしないのだった。

「うん、行く。ありがとう」

すんなり笑顔になられるとそれはそれで、わーっと叫びながらそこらを走り回りたいようなそわそわにも見舞われるのだけど。そして潮は潮で、何やら表情筋を制御《せいぎょ》できないらしく両手で口を押さえて「やべえ」と言う。

「めっちゃ楽しみ、お前の親、超見てみたい」

クリスマスのミッションはどうやら成功裏《り》に終わった。サプライズだし、完ぺきじゃね。俺天才。アイラブ自分ベリーマッチだよ。完全に、パンダ見に行く前日の子どもテンションなのが気がかりではある。

「言っとくけど普通の夫婦だぞ」

「いやどーかなー……手土産とかって何がいい？」

「アルフォート」

「ねーわ」

「好きだって」

「お前がだろ」

聖誕前夜から、お祭りはきっとまだまだ続く。

「そういえば、お前が自分の話すんの珍しいな」

「そうだっけ」

「そうだよ」

――ねえ計、欲しいものはないの？

よくそんなことを訊かれた。昔も今も答えは同じだ。別にない。

ただし今は、ちょっと違う。

全部持ってるから、もういらない。

オールユーニード

十二月二十八日。前日のうちに大掃除はすませた。仕事も片づけた。例年なら、何となくひとりでだらだらしたり何となく人と遊んだり、何となくホテルに数泊してみたり。要はお気楽な年末年始を過ごしていたのだけれど、今年はちょっと違う。

デパ地下の精肉店で、ガラスケース越しの鮮やかな赤色をじっと見つめる。自分で食べるだけならまず手が出ないランクのお牛《うし》さま、いや元お牛さま、か。

——肉が欲しいって。

年末年始という一種デリケートな時期に滞在させていただくにあたり、何を持って行ったらいいのか、という問いに計はそう答えた。それもお前の希望じゃねーの、と疑うとＬＩＮＥのやり取りが差し出された。相手は「正枝《まさえ》」、ああ、おふくろさんそんな名前なんだ。身内の名前知るのって、何となく新鮮な驚きがあるよなと思いながら目を通す。

『正月、人連れてくから』

『彼女？』

『違う』

『まさか友達？　単なる会社の人？　何にせよ、家でまであなたの小芝居につき合うのはお母さん嫌です』

『知ってるから大丈夫』

『まじで？』

『まじで』

『知っているというのは、たとえばあなたがごはんにウスターソースをかけて食べる習性があるとかそういう実態を知っているということですか？』

『うるせーな知ってるよ』

『ならこっちもそのつもりで接するけどいいのね？　後で文句言わないでよ』

『しつこい。何か持ってったほうがいいのかって訊かれたんだけど』

『じゃあ肉。ちなみに我が家では、アレルギーを除く好き嫌いに関してのご要望に一切お応《こた》えしない旨《むね》、よろしくお伝えください。あと、その人麻雀《マージャン》はできますか？』

『できんじゃね』

『じゃあ四人で打てますね。お父さんも喜ぶでしょう』

普通の親、と計は言っていたが、果たしてそうだろうか。肉っつってもいろいろあるだろ、ともっと細かいリクエストを探るよう頼んだが「めんどい」で一蹴《いっしゅう》された。じゃあ呼ぶなよ。

ステーキ肉……はちょっと違うような。「持って行って焼かせる感」が。じゃあしゃぶしゃぶかすき焼きか。赤の他人と鍋をしたくないご家庭だったらどうする？　――いいか。それならそれで「バターしょうゆで炒める」とか言うだろ、あのB級舌が。新幹線の時間も迫っていたので、すき焼き用のいい肉をオーダーし、保冷剤で厳重に包んでもらった。

東京駅の当該《とうがい》ホームに上がると「ひかり」はまだ来ておらず、車両番号に従って乗車位置に向かう。するると、列の中ですっと姿勢のいい立ち姿へとしぜんにピントが絞られる。おお、国江田計だよ。本物だ。

毛玉のひとつもついていない、見るからになめらかな上質のコートを着て前を見ている横顔は、ひんやりした静けさをたたえていて、日頃潮の家で目にするのと全然違う。どっちがいい悪いという基準では見やしないが、何だこの品種差。顎の下まで巻かれたマフラーの微細な繊維《せんい》が唇に触れそうで触れないところをふわふわ泳いでいるのが、光に白く透けている。

――ねえ、あの人……。

――テレビで見るよね、どこだっけ？

――え、何かドラマ出てた？

――あー、思い出せない、絶対知ってるんだけど。

面白いのでちょっと離れて眺めていると、そんな声が聞こえてきた。目線を計からズームバックさせれば、ちらちら窺う何対《つい》もの眼差しが分かる。はっきり「国江田計」と認識しているものから、今みたいに「テレビに出てるよね」、あるいは「どっかで見たような」レベルまでさまざまに。

素で公共交通機関に乗っても誰にも気づかれません、とあっけらかんと話す芸能人は、いい意味で鈍感なだけだと思う。カメラを通じて人前に立つのが生業《なりわい》の人間は、決定的に「一般人」とは違う。竜起と会ってもそう思ったから、欲目なんかじゃない。基本遠巻きにされる国江田計と対照的に、竜起のほうは親しみやすいのか堂々と写真やサインを求められる時も多いらしいが、「いやな時は『むりー』って逃げます」と特にストレスも感じていないようだった。性分《しょうぶん》ってふしぎだ。

そうこうしているうち到着のアナウンスが流れ、「ひかり」がホームにやってくる。新幹線のヘッドライトって、昼間に見ても強烈にまぶしい。計はちょっとあたりを見回した。あ、探してる。大丈夫、いるいる。声もかけず、目も合わせず、手も上げず、心の中だけで応答する。そして計のほうでも一瞬潮を認め安心したのか、また前方に向き直った。不倫中じゃあるまいしとばかばかしくもあるが、こっちだって「うわー声かけてるよ図々しい一般人だな」と人混みで無用な注目は浴びたくない。久しぶりに「国江田さん」としゃべってみたかったけど。

バカみたいな話、時々考える。どっちも好きなのに、俺はもうふたりきりで「国江田さん」とは会えないんだな、と。潮にとって「国江田さん」が嘘だとか偽物だとかいう認識はあまりない。両方計だ。だから単純に寂しい。アイドルとファンみたいにテレビで見るしかないなんてと思うと、知ったままもうちょっと泳がしときゃよかったかと黒い気持ちも頭をよぎる。来年のクリスマスに「『国江田さん』とやらせてくれ」とリクエストするとか。怒るかな。怒るわな。怒られるのは全然（ほんとに全然）気にしやしないが、傷つくかもしれないので実行には移さない。こんなにあれこれ気を遣っているのに、無神経だデリカシーがないだと罵倒《ばとう》されるのは理不尽じゃないか。

列の最後尾から車内に乗り込み、チケットに印字された通路側の席に座る。もちろん窓側には計がいて、すでに顔の両側で新聞を広げていたが潮には見向きもしない。検札の車掌《しゃしょう》にだけ愛想のいい笑顔をサービスするとまたコインを裏返したように紙切れのバリケードの中にこもった。いいけどな、別に。つけは帰宅してから計が払うのだから（おもに身体で）。

計が持っていたレザーのトートには折りたたまれた新聞が複数詰め込んであり、読み終わったものを座席の網ポケットに突っ込んだかと思うとまた手品のように違う一紙が出てきた。休み中まで日課を欠かさない勤勉さには素直に感心する。潮は新聞なんて一種類読んだらお腹いっぱいなのでよっぽど好きなのかと思えば休刊日には「楽」と喜んでいる（そのぶんネットのニュースサイトを巡るのだが）。

原稿書くのは別の人間なんだろ、と当初は意外だったが、計はたまにほかのニュースを見ながら「こいつ全然理解しねえでしゃべってんな」と顔をしかめる。ただ日本語を日本語として読み上げるのと「ニュースを読む」のは全然違う、らしい。潮にも、おそらく大多数の視聴者にもその違いは確《しか》と分からないが、うっすらと積もる印象や説得力というのはきっと存在し、使われるアナウンサーと消えていくアナウンサーの分かれ道につながっているんだろう。計はそのシビアさを、誰に教えられずとも知っている。

テーブルに載ったバッグの口から、保冷剤と一緒に銀色のものがちらりと覗いていて、何げなく手を伸ばすとそれはバターだった。丸くて、銀紙できれいに包んであって、丸いシールが貼ってある、いかにも舶来《はくらい》って感じのお高そうなやつ。

「勝手に漁《あさ》んなよ」

ぺらい壁の向こうから、ごくちいさな抗議が聞こえた。

「……ひょっとしてこれ、正月用すか」

「そう」

特別なバターしょうゆおかかごはんのために、と計は答える。残りはそのまま実家に進呈する、親孝行だから。この顔でバターしょうゆおかかごはんとか。ミスマッチ通り越してシュールな趣《おもむき》すらあった。潮は笑いを噛み殺しながらそれをかばんに戻す。

約一時間の間に計はきっちり主要五紙を消化し、マフラーとコートを身につけて国江田さんになるとホームに降り立った。

「こっからどうすんの?」

「車で迎えに来てる」

ロータリーにまっすぐ向かう計の後ろをついていくと、銀色のミニバンの前で足を止めた。計はそのまま後部座席のドアを開けてさっさと乗り込んだが、こっちはそういうわけにもいかない。車内を覗き込んで「あの」と声をかけると運転席の女が——これがきっと母親だろう——「トランク開ける？」と尋ねた。

「や、これだけなんで大丈夫です」

大きめのボストンと肉屋の紙袋を示すと「そう」と頷いた。

「じゃあどうぞ。寒いでしょ」

「あ、はい」

計の隣に座ってドアを閉めると母親はすぐに車を発進させ「お名前は？」と訊く。

「都築です」

「都築くんね。洗濯は自分でしたいほう？」

「は？」

「洗濯。そのかばんの中に六泊ぶんの着替えがあるとは思えない。別に大した手間じゃないから私がついでにしたっていいけど、あなたがいやかもしれないから訊いてるの」

「あー……自分でやります。勝手にコインランドリーかどっか行きますから」

「うちのを使えばいいわよ。使いたいタイミングで言って。あと、台所触られるの好きじゃないからお手伝いとかは本当にいらない」

「……はい」

計の言う「普通」なんかあてにならないとは思っていたが、なかなかどうして、独特のペースだ。普通、ここはいつも息子がお世話に……とかの決まり文句だろう。だから潮も、年末年始にお邪魔してすみません、という常識的なあいさつを切り出せなかった。ぶっきらぼうというほどではないが歯切れよく乾いた口調、きっと黙っていたら「怒ってるの？」と気にされるタイプだけど本人としては通常運行なのだろう。眉毛以外はほぼノーメイクと見え、そのぶん素《す》の造作がよく分かった。計とはっきり似ているわけではないが確かに同じ系統の顔立ち。

ルームミラー越しにちらりと潮を見て今度は「ごめんね」と謝る。

「うちに人を泊めるっていうのが初めてで、よく勝手が分かってないから、自分が泊まる立場なら気になることを最初に言ったんだけど、唐突すぎた？」

「ちょっとびっくりしましたけど大丈夫です。むしろ、教えてもらってほっとしました」

まるで興味なさげな計が「くぁふ」と大あくびをする。外界からシャットアウトされたらこのていたらく。うまく会話が弾《はず》むかな、なんて心配はしないのか、お前は。

「計、アマゾンの箱が大量に届いてるんだけど」

「あー、まとめて読もうと思ってたマンガ、注文した」

「ゴミの日、あしたが年内ラストだからね。ちゃんと開封して余計なもの捨てといてよ」

「開けといてくれりゃいいのに」

「何であんたのマンガの面倒まで見なきゃいけないのよ」

「自分だって読むくせに……」

「読み散らかして気がすんだら置いて帰るからでしょーが！　大体、自分が半分ぐらい虚構《きょこう》の世界を生きてるくせに……」

「ほっとけ！」

車が信号待ちで一時停止した。計の母は、今度は振り返って潮をまじまじと見つめる。

「ほんとに驚かないのね」

「え？　ああ、ウスターソース？」

「そう。計が人を連れてくるっていうのがまず半信半疑だったし、本性把握《はあく》してるなんて何ごとかっていう……河原で殴り合ったりした？」

「いやー」

身体と身体の交流、は確かにありますけれども。

「詮索より運転に集中しろよ」

「偉そうにしてるとルマンド買ってあげないわよ」

「自分で買うわ」

ルマンド、という絶妙に心得た固有名詞に潮は吹き出した。

「正枝さん、相当面白いすね」

するとまたぐりっと振り向かれた。

「まさえ……」

「あ、すいません、俺、おじさんおばさんとか好きじゃないんで」

でもいやならやめます、と言いかけると「もう一回言って」と遮《さえぎ》られた。

「えっ」

「おいなに色気づいてんだ、通報すんぞ」

計が顔をしかめる。

「だって四半世紀ぶりぐらいに男の人から名前呼ばれたんだもの」

「アホか、青だぞ早く行け」

「お父さんは酔ったらたまにまーちゃんって言うけどね」

「油田《ゆでん》もらっても聞きたくねーよそんな話は」


十五分ばかり走って、車は住宅街の中にあるごく一般的な仕様《しよう》の戸建《こだ》てに到着した。ガレージに納まる時、庭先に人影が見えた。

「おかえり、計」

「ただいま」

温厚とか善良を絵に描いたような印象の男──国江田計の父は、雑巾《ぞうきん》片手に「乾拭《からぶ》き終わったよ」と妻に報告した。

「ありがとー」

「大掃除ですか？　何かしましょうか」

台所以外でも、当《あ》たり障《さわ》りのない手伝いどころはあるだろう。しかしそう申し出ると計が「いらんこと言うな」と怒った。

「何で」

「俺までやらされるだろ」

「いやれよ」

その会話に、父親もやっぱり目を瞠《みは》っていたがすぐおっとりとした表情に戻り「いや、もうあらかた終わりましたから」とかぶりを振った。

「いつもうちの息子がお世話になっております。狭い家ですがどうか寛《くつろ》いでいってください」

「いえ、こちらこそ」

あ、親父さんのほうはちゃんと「普通」だ。潮は紋切《もんき》り型《がた》が苦手だけれど、この時は若干ほっとした。

「どうぞどうぞ上がってください」

リビングダイニングの一角は琉球畳《りゅうきゅうだたみ》を並べたこたつスペースになっていて、そこに通された。計はさっさと二階に上がったかと思うと、しばらく経《た》っていつものようなジャージ姿でマンガを小脇に抱えて戻ってきた。早くも、完全なるおうちモード。

「何だかこう、こたつの四方に人がいるのはいいねえ」

緑茶を飲みながら計の父が言った。

「そう？」

「満喫《まんきつ》している感じがするよ」

「何人であたっても電気代は同じだしね」

「いやそういうことでなく……」

計はざぶとんを胸の下に敷いて寝そべり、もくもくと横山光輝《よこやまみつてる》版三国志を読んでいる。うん、お前がいちばん満喫してるな。

「ところで」

みかんとともに話を向けられた。

「ええと、都築さんは、どういったいきさつでうちの息子と友達に……？」

ああそこ訊きますか、訊きますよねやっぱり。計から何かしらの設定を言い含められるだろうと思っていたが特になかったので、まあいいかとほったらかしにしていた。無難に仕事でって言っとくか。嘘じゃないし。

「俺の仕事場に、」

「てかさ」

知らん顔だった計が寝転がったまま身体をひねり、言った。

「つき合ってんだけど」


あ、時間止まってる。と潮は思った。湯のみから立つ湯気以外のすべてが静止している。ように見える。自分の頭もよく回らない。

いや別にいいけれども。言ってもいいけれどもそれこそ事前に言っとけよ。ていうかお前そんな、寝っ転がって、親指マンガに挟み込んだままの体勢で言うことなの？

短い沈黙を破ったのは、母親だった。

「結婚すんの？」

計はいとも平然と「早くもボケたか、父ちゃんに苦労かけんなよ」と言い放つ。

「許される国で式でも挙げるのかと思って」

「俺は体面《たいめん》と添い遂げるから」

「え、じゃあ都築くんのご実家に行ったりはしないの？　ていうか都築くん完全に『聞いてない』って顔だけど」

「はい聞いてないです」

「でもほんとにつき合ってるのよね？」

「はい」

ちゅうちょせず頷いた。切り出し方があまりに突然で（そして雑で）慌てはしたが、悪いことをしているとは思っていない。許可や譲歩《じょうほ》が要《い》るとも思わない。潮と計の関係は、潮と計で決める。

「じゃあまあ、こういう性格の子でよければ頑張って。あとあと『こんな人だと思わなかった』って破局するのだけはなしね」

「何を頑張るんすかね」

「何もかもに決まってるじゃないの。私だって人畜無害《じんちくむがい》なお父さんと結婚したけど一応いろいろ頑張ってきたんだから」

「んなもん父ちゃんのほうが一億倍は頑張ってるだろ」

「そんなことないでしょ……ちょっと、お父さん！　しっかりしてよ」

未《いま》だひとり硬直したままのお父さんは無遠慮に肩を揺さぶられると「あ、ああ……」とうたた寝から起こされたような声を出した。

「ちょっと突然すぎて頭がついていてこないんだよ……」

「でも考えてもみてよ、三十年近く友達と呼べる相手はひとりもいなかった計がいきなり人を連れてきた時点でおかしいでしょ、しかも全部分かってますオッケーですなんて。ある意味腑《ふ》に落ちたじゃない」

「それはそうだけど」

「この際彼女じゃなくて彼氏でもいいわ。私たちだってどんどん年取ってくんだから、誰にも心許せないままひとりよりよっぽどまし！」

「そ、そうかな……」

「そうよ。いいいいい、別にいい。でしょ？」

「う、ううん」

「あの、あんまたたみかけないほうが」

思わず止めに入りながら、間違いなく計の両親だと感心していた。突っ込みどころの多い思考回路と、へんに流されやすい弱さ。

「ええと……ちょっと打ちっぱなしにでも行ってこようかな」

計の父はおずおずとこたつから立ち上がり、潮に声をかけた。

「すみません、すこし混乱しているので……でも、息子ももう大人ですし、あなた自身に対してどうこう思ったりはしないので、そこは気にしないでうちにいてください」

「ありがとうございます」

潮もこたつから出て頭を下げた。この家の王子さまは依然マグロ状態だが。

「あ、あと、もし僕が会話の中で差別的な発言をしてしまったら教えてください。気をつけるから」

「あー……たぶん大丈夫だと思いますけど、はい」

一方が欠けたこたつに再び潜《もぐ》ると、潮は心の底からつぶやいた。

「い、いい人ー……」

しかし妻の評価は「いい人っていうか人がよすぎるの」となかなかシビアだ。

「きょうの晩ごはんは、かににしよう。すき焼きはあしたね」

「何か理由あるんすか」

「お父さん、帰ってきてもまだ気持ちの整理がついてないと思うから。かにならしゃべらなくても気まずくないでしょ」

そこ？　気遣うとこはそこ？

「鍋の支度してこようかな。あ、豆腐《とうふ》なかった、買ってこよ」

ふたりきりになると、潮はこたつの中で計の足を蹴った。

「いてーな」

「いてーなじゃねーよ、あんな重大発表すんなら前もって言え！」

「別に重大でもなくね」

「いやいや、どういうつもりだよお前は」

スタンドプレー、というか暴挙に潮は結構動揺していたが、計は「だから別に」と繰り返した。

「隠しといたほうがめんどいし。予告したら大げさに受け取られそうだから黙ってた。そんだけ。お前だってばらしときゃ却《かえ》って気楽だろ」

「……それは、まあ」

お友達、の顔で居候《いそうろう》して後ろめたくないかと言われれば確かに微妙だけど。

さっさとマンガに目を落とした計に「絶対普通じゃねーから、この家」と言うのが精いっぱいだった。


ふかい配慮によるかにを貪《むさぼ》った夕食の後、風呂を借りた。

「すいません、タオルってどうしたらいいですか」

「あー、洗濯機の前に置いてあるかごの、左のほう」

計の母は、キッチンで立ったままお茶を飲んでいた。そういえば計もよくシンクの前でコーヒーを立ち飲みしている。姿かたちは全然違うのに、一瞬はっとするほど自然に記憶と重なった。

「飲む？　ほとんど出がらしだけど」

「いただきます」

すこしぬるくなったお茶を飲みながら、潮は尋ねた。

「あいつ、いつからああいう性格なんですか？」

「さあ、生まれつきじゃない？　赤子の時から、予防接種でもにこにこしてたからね。それで家帰ったら途端に不機嫌でおもちゃ投げたりすんのよ」

　今と大して変わらない。

「親としては、とりあえず健康に育ってくれたら御の字ぐらいの気持ちだから、いい子でいろとか勉強しなさいとか、本当に言った覚えないの。小学校に上がるまでは、よくできたお子さんですねって褒められるたび、いえいえうちじゃあひどいんですってまじめに訂正してたんだけど、こっちが悪者になるわけよ。謙遜《けんそん》が過ぎていやみだとか、あんなに頑張ってる子を認めてあげてないんだとか」

「あー」

「で、そんな私を計が鼻で笑うの、かーちゃんバカだなってね。そのあたりから不毛《ふもう》な説明をやめたっけ」

「なるほど」

「私も友達いないから、あんまあの子にとやかく言えないんだけどね。人づきあい面倒だし、話し相手はお父さんでこと足りる。でも、さすがに本音で話せる他人がひとりもいないっていうのは心配だったから、まあ安心したわ」

「男でも？」

「いいんじゃない？」

　その、ほどよい突き放し感は心地よかった。

「お父さんね、今納戸《なんど》で麻雀のマット探してるの。計を呼んできてくれる？」

二階に上がると洋間がふたつ、ひとつは計の部屋で、もうひとつは潮が寝起きさせてもらう空き部屋だった。

「おい、麻雀するって」

ノックしてみたが返事がない。「開けるぞ」と断ってドアノブに手をかけた。

計は、マンガにまみれてベッドで沈没《ちんぼつ》していた。小学生か、と呆れつつ寝顔を見下ろす。

計にとって、ここは絶対的な安全地帯なのだ。ぜんぶ知っていて受け容れてくれる両親、秘密を共有してくれる両親。潮とのことを話しても、怒ったり気持ち悪がったりしない両親。オープンにするのが楽、というのはごく自然な気持ちで、このちいさな世界を丸ごと信じて疑わないから、覚悟も決意も不要で話した計。

すげーな、と思う。何度思ったか分からんけど、やっぱすげーわ、お前。

ちょっと気持ちが盛り上がりかかったが、ここで覆いかぶさるわけにはいかないから耳元でそっと魔法の呪文《じゅもん》をささやいた。

「……国江田さん、オンエア十分前でーす」

「ふわっ⁉」

ものの一秒で水平から垂直に姿勢を変えた計はその後二秒で状況を把握したらしく「てめーふざけんな」と毒づいた。でも髪を撫でたらその顔が困ったように悔しいようにゆがむのを、予言者みたいに知っている。

「皆で遊ぼーな」


明け方までじゃらじゃらして、昼過ぎに起きて遅い食事を摂《と》ると潮は外に出たくなった。

「お前、まじでどっこも行かないつもり？」

「うん」

実家の周辺は幼小中の知り合いにばったり会わないとも限らない、しかも帰省時期となればエンカウント率が跳ね上がるから完全に引きこもるらしい。

「同窓会とかってねーの？」

「俺ぐらいになると、好感度を保ったまま『そーゆー集まりに出ない人』っていう印象を植えつけることが可能なんだよ」

誘っても無駄なことだけはよーく分かった。

「身体動かしたい気分なんだけど、近所にバッセンとかねーの」

「ない」

「じゃあ、打ちっぱなしでも行きますか」

会話を聞いていた計の父が言った。

「俺、全然やったことないんですけど」

「クラブもグローブも向こうで借りられるよ」

じゃあ、とふたりで出かけることになった。練習場は車で十分ぐらいの場所らしい。

「ゴルフ好きなんですか」

「いや、打ちっぱなしが好きなんだよ。自分の好きなところでやめられるし」

「そっか、俺も野球の試合したいとはあんま思わないな」

「僕より息子のほうがコンペとかいろいろありそうなんだけど、計は全然興味ないみたいだねえ。でもやらなきゃいけないってなったら血豆《ちまめ》つぶしてでも鍛錬《たんれん》するんだろう」

目に浮かぶ。

緑のネットが高く張られた練習場に着くと、三階の打席で握り方や足の位置から教えてもらった。

「よっ、と……」

レンタルのドライバーで一応ボールを捉えはしたものの、かこっ、と間抜けな音がして卓球ぐらいの距離しか跳ねなかった。

「難しいすね」

「でもちゃんとかたちにはなってるよ。まあ、誰に迷惑かけるわけでもないからね。好きなようにやればいいんです」

いい天気で、ネットの向こうには雪を抱いた富士山がくっきりそびえている。気持ちのいいロケーションだった。潮はひたすら球を打ち、頭を空《から》っぽにしていく。仕事にのめり込むと、頭ばかりになるからいけない。身体感覚は大事だ。こんなふうに、自分の上体はどのくらいまでひねれるのか、腕を振り抜くとどこの筋肉が連動するのか。息が上がること、汗をかくこと。頭でものをつくるなら、身体は知っていないといけない。

百球入ったかごがあっという間に底をついた。ナイスショットと呼べるのはせいぜい二、三球だったろうけど。

「さすがに若いから体力あるねえ、僕なんか五十球打ったらもうへばっちゃうよ。ちょっと休憩しようか」

「はい」

クラブハウスの大きな窓からも、富士山がよく見えた。コーヒーの紙コップ片手にぼんやり眺めていると「富士山、好きですか」と訊かれる。

「好きっていうか、あるな、っていう……うーん、まあ、嫌いじゃないかな。新幹線何回乗っても、きれいに見えると得した気分だし」

「ああそう、僕はねえ、実は苦手で」

「え」

「だってつねに『ある』でしょう。富士山の方角見たら。何だかそれが怖くって。最近は特に火山の特番とかするし……」

「富士山噴火シミュレーション的な」

「そうそう。お手上げっていう結論しかないんだから、縁起でもないこと言わないでくれと思うよ」

富士山に背中を向け「地震とかもね、怖くて」とつぶやく。

「臆病なもんで、考え始めると眠れなかったり」

計も思い詰めるたちだから、ふてぶてしいくせに繊細だ。もっとも計の場合、最終的には開き直る。

「でも、この人と結婚したいなあと思える相手が現れたら、ちょっと平気になったね」

「もう怖くないですか」

「ちょっと違う。死ぬ時ひとりじゃないんだな、という安心みたいな……もちろん、揃ってぽっくり逝《い》けるわけじゃないのは分かってるけど、何となく心強い——と言うと、呆れられたね。そこは普通『何があっても君のことを守るよ』とかじゃないのかって」

「確かに……」

富士山相手じゃ仕方がないって気もするけど。

「でも息子は、僕の『安心』の中にいないんですよ」

「え?」

「計が小さい頃は、責任があった。それこそ、天変地異が起こってもこの子だけは生かさなきゃならないって、いくら僕が頼りなくても思う。幸い無事大人になって、彼は僕が逆立ちしたってできない仕事をするようになった。もちろん変わらず家族ではあるんだけど、計は計の、僕と違う『安心』を手に入れなきゃいけない」

この世の終わりまで計を支えてくれるもの。

「でもゆうべ、かにを食べながら大丈夫な気がしていて」

「かにで……?」

飛躍についていけない。母親に比べるとだいぶ普通だと思っていたが、パパのほうもなかなかどうして。

「計が食べやすい脚ばかり取るから、君は黙って爪とか胴体《どうたい》を食べていたでしょう。よくできた人だなあと思って見ていた」

「俺は、取りにくいところから身を取るのが好きっていうか達成感があるっていうか……」

ていうかそんなこと? そんなことで息子の『安心』を判断しちゃっていいんすか?

潮は声を上げて笑った。笑いながら、思い出していた。計が「はい父ちゃん」と自然にビールを注いでいたこと。父親が食べ始めるまで、鍋に箸《はし》をつけなかったこと。それは国江田さんとも、ふたりきりの時の計とも違う、初めて見る貌《かお》だった。

三十日は麻雀とＵＮＯと人生ゲームと花札《はなふだ》をして過ごした。何しろひとり息子が超のつく内弁慶《うちべんけい》なので、家の中でできる遊びに特化するしかない。おかしな家、でもそれを団らんと呼んでいいんだろう。

「あ、テレビつけなきゃ」

三十一日の午後二時すぎ、計がリモコンに手を伸ばす。

『今年一年もいろんなことがありました！　全国から集めた秘蔵映像をたっぷりお届けします。笑いあり衝撃あり感動あり、盛りだくさんでお楽しみください』

早くも正月仕様なセットに立ち、マイクを持ってしゃべる竜起を見て計は「働いてる働いてる」とほくそ笑んだ。

「だだスべりしますように……」

「お前ほんと性格悪いな」

「あ、計と一緒にニュース出てる子でしょ。大晦日も仕事してるなんて売れっ子ねー。あんたより人気あるんじゃない？」

「何だと」

「だって露出してナンボなのに」

「俺は安売りしねーの！」

マイナーな地方の祭り、生中継での失敗、新人の体当たりレポート、等々をうだうだ言いながら見ているうちに時間は過ぎ、計の期待も空《むな》しく竜起は素人目《しろうとめ》にもあぶなげなく番組を回していた。

「ちっつまんねーな、何か失敗しろ、チャック閉め忘れてるとかでもいいから」

「計、人を呪わば穴二つだよ」

『はい、番組も終盤に差し掛かってまいりましたが、ここで特別エントリーの映像をご紹介したいと思いまーす。旭テレビのニューススフロアから数日前撮れたばかりの、こちら！』

画面に突然国江田計が現れた。

「はっ⁉」

「十二月二十四日ＯＡ」というクレジットで潮は中身を察した。もちろん計も。

『サタンに扮したマジシャンや――』

『サタンに扮したマジシャンや――』

『サタンに扮したマジシャンや――』

分かっていても、効果音やコミカルなテロップと一緒に繰り返し流されると改めて笑えた。編集って大事だな。計は噴火しそうな顔色で「聞いてねーぞ！」と叫ぶ。

「あらあら、ほーら計、お父さんの言うとおりでしょ」

「うっせー‼」

スタジオの盛り上がりを受けて竜起がコメントする。

『ほんっとふだんはめちゃめちゃ優秀なアナウンサーなんで、これは超貴重な映像ですねー』

『人間ですもんね』

『そうですねー、まあクリスマスイブっていうことでちょっと上《うわ》の空になるような理由があったのかもしれません。プライベートでね！　今この番組を見てるかどうか分からないですが、先輩！　よいお年を！』

「年明けぶっ殺す」

まだ記憶に新しい失敗を蒸し返された計は、年越しそばを食べるとこたつでふて寝してしまった。

十一時半を回ると、夫婦は初詣《はつもうで》に出かけた。つけっぱなしのテレビをザッピングしているうち、どこからか除夜《じょや》の鐘《かね》が聞こえてくる。

「おい、もうすぐ年明けんぞ」

こたつの虫は動かない。

「……計」

名前を呼んでも。

「連れてきてくれて、ありがとう。俺、お前もお前の親も、好きだ」

ニューイヤーになったら、狸寝入《たぬきねい》りの計がのぼせないうちにこたつの電源を切ってやろう。

帰る時も、車で駅まで送ってもらった。

——今年も来たかったら来ていいからね。来たくなかったら来なくてもいいけど。

——あ、行きます。

自分でも意外なほどさらっと口にしていた。

——そう、じゃあ年末までこのタッパー預けとくから。

はい、と別れ際に四角い布の包みを手渡される。ちらしずしだという。計によると「おせちの残りを刻んで混ぜた正月の終わりの味」らしかった。そういうことを知るのは、何だか嬉しい。国江田家のカレーにはじゃがいもを入れない代わりにつけ合わせは絶対ポテトサラダで、翌朝はポテトサラダのトーストサンドが出てくることとか。

元日の祝箸《いわいばし》の袋には筆ペンでそれぞれの名前が書いてあった。もちろん、潮のも。縁起物だから、ともらったお年玉はぴかぴかの五百円玉だった。きっと使えないと思う。

膝の上にすしを載せ、東京に帰る。家で新聞を読破《どくは》してしまった計は窓際に肘《ひじ》をついて外を見ていた。トンネルに入って周りが暗くなると、顔がくっきり映る。

ものの一週間足らずなのに、東京駅で潮を探していた計が、ずっと前の計みたいな気がした。ずしりと温かい、もらったものの重み。

いいんじゃないない、と投げやりにも聞こえる言葉の前には「幸せなら」という大事な条件が隠れている。

新幹線はいくつものトンネルを抜ける。計の父が苦手だと言った富士山から遠ざかりながら。

大丈夫、ここにいる、とあの時の計にむしょうに声をかけたい。俺はお前の「安心」だから。

計は。

潮の安心、潮の大切、潮の必要。ほかにもたくさん。

▲同人誌「空想アルバム」カット（2点とも）

ぼくの太陽

Boku no Taiyou

by Michi Ichiho

「イミテーション・ゴールド」みたいな、
ＢＬ未満のやや暗い話を書くのも結構好きです。
錦戸さんは受かもしれない……。
甲子園のバックネット裏は、
今は「ドリームシート」になりましたね。

by Lala Takemiya

一穂さんからのリクエストが
「潮のかき氷屋さんにペンギンが並んでる図」でした。
かき氷といえばペンギンだからだそうです。
個人的には、潮が一番潮らしく
描けたかなと思っている表紙です。
元絵はアナログです。

メモリーズ

「テレビ局で働く皆さん、きょうは僕たちのためにありがとうございます。皆、この日を楽しみにしていました。僕たちがいつも見ているテレビがどんなふうに作られ、放送されているのか、しっかりと勉強して夏休みの有意義な経験にしたいと思います。きょう一日、よろしくお願いします。四年二組代表、国江田計《くにえだけい》」

あいさつを読み上げてぺこりと頭を下げると、ガイド役の女子アナが「すごーい、作文読むのじょうずだね！　将来はアナウンサーになれるかも？」と大げさに褒《ほ》めた。

「じゃあ、お姉さんたちも張り切って皆さんをいろんなところにお連れしたいと思いまーす！」

あーめんどくさ。と計は思っていた。何で夏休み一日つぶしてこんなとこに来なきゃいけねーかな。振替休日くれよ。

「きょうは、ほかの学校の子どもさんたちもたくさん来てるからはぐれないようにしましょうねー」

ロビーには、確かにガキがうじゃうじゃしていた。

「うおっ、アサぞうだ！　サインちょーだいサイン！」

「皆川《みながわ》くん、静かにしなさいっ！」

何だサインって、アホか。どうせ中身は汗だくのちっさいおっさんだぞ。

「じゃ、四年二組の皆、さっそくスタジオに案内しますねー」

ちょこまか走り回る、ひときわバカそうなガキを尻目に計は列に紛《まぎ》れて歩き出す。


生まれて初めて見たスタジオのセットというものは案外狭苦しく、そして案外ちゃちかった。裏側なんかもう「あ、ハリボテ」って感じだ。でも潮《うしお》にとってそれは「がっかり」ではなく新鮮な驚きを与えてくれた。

床にはカメラのケーブルがうようよ這《は》っていて、至るところにちいさくちぎったカラーテープが貼ってある。

「これはね、『バミリ』といいます。スタジオに出演する人や、テーブルや椅子の位置がずれないようにこうして目印をつけておくんです。おんなじスタジオで、セットだけ替えて違う番組を作る時もありますから、このバミリはとても大事なんですね」

その目印は画面越しには目立たない。セットの釘目《くぎめ》や奥行きのなさもばれない。照明やカメラワークで、日常にない世界を生み出しているのだ。そう思うと何だかわくわくする。「見えるもの」は、自分で作れる。

某テーマパークで、キャストのサインをもらいまくるのにすっかりはまったから、きょうも意気揚々《ようよう》とサイン帳を持参してきたのに「ごめんね、アサぞう、ペンが持てないんだ」と言われたのはちょっとした衝撃だった。ドラえもんだって字書いてんじゃん。きょうの目的は誰が何と言おうとアサぞうのサインだったので竜起《たつき》はいたくがっかりした。でも廊下を歩いている途中、ジュースの自販機に何気なく目を留めると八十円だった。うっそ、安い、コーラ飲みたい。ほんとはお金を持ってきちゃいけないけど、ポケットの中に百円玉が一枚入っている。

どこかでチャンスを見つけてあれを買うんだ、と硬貨を握りしめた。

ああ、まじ退屈。スタジオにも中継車にもアフレコ体験にも興味ゼロ。のちのち感想文を提出する時の「大人がぐっとくるであろうポイント」をぬかりなくチェックするだけだ。

小休憩でトイレに向かうと、角を曲がったところでちびっこい生き物とぶつかりそうになった。

「あっ、ごめん！」

ごめんじゃねえよ廊下を走るなクソガキ、と自分だけに聞こえる舌打ちをする。と、床に光るものが落ちているのに気づいた。百円玉だ。ラッキー、と拾ってももちろんよかったが、この手の施設にはどうせ防犯カメラが山と回っている。いちいち見咎《みとが》められるとも思わないけど、はした金でリスク背負いたくはない。

「待って」

計は遠ざかるチビの背中を呼び止めた。

「これ、落としたんじゃない？」

「おおっ！」

てて っと寄ってきて、ぱっと両手のひらをひらいてみせる。

「ほんとだ！　落としてた！　俺のだ！」

いちいち声がでけーな。しかし計は「よかったね」と優しく笑いかけてやる。ほんとにこいつの金かどうかは分からないが、嘘はつかなさそうだ、このアホづら。

「サンキューベリーマッチ！」

「お金は、失くさないようにしまっておいたほうがいいね」

「うん！」

カーゴパンツのポケットに百円を落とし込んだと思うと、代わりに何か引っ張り出してきた。

「拾ってくれたからお礼にあげる。ちょーでかいだろ？」

それはかたちもシャープな、飴《あめ》色をした蟬《せみ》の抜《ぬ》け殻《がら》だった。

「うん」

ぶわ、と鳥肌が立ったが押し殺して大きく頷く。

「嬉しいけど、そんな大事なものもらえないよ。気にしないで、ねっ」

「そう？　にーちゃんいいやつだな！　サインする？」

「うーん、しないかなー」

誰だ、こんなの放し飼いにしてるやつは。


スタジオと同じぐらい、副調整室《サブ》の機械類も興味深かった。音声のおっちゃんにいろいろ尋ねているると向こうも熱心に教えてくれて、気づけば周りに誰もいない。確かこの後は食堂を回るはず、まあ追いつくだろう。見学案内のプリントを見つつ歩いていると自販機に向かって懸命に背伸びしている後ろ姿があった。ふたつみっつ下だろうか。潮は「何がほしい？」と声をかける。

「コーラ！」

「ん」

代わりにボタンを押してやると「ありがと！」と傍《そば》にある椅子に勝手に座り飲み始めた。ゲスト用の入館証が首からぶら下がっているので、たぶん自分と同じ、夏休み見学会の参加者だと思う。が、ひとりで堂々と買い食いしていいんだろうか。しかもお釣り忘れてんぞ。返却口から二十円取り出し、手渡してやった。

「おっサンキューベリーマッチ！　ひとくち飲む？」

「いや、いいよ」

「そっかー、じゃあ俺の知ってるすごい秘密を教えてあげるね」

肩掛けのかばんをごそごそ探ると、リング綴《と》じのノートを取り出し、ひらいてみせる。

「これ、こないだもらったサイン」

超有名キャラクターの名前が流暢《りゅうちょう》な筆記体で書かれていた。へー、サインなんかしてくれんだ。

「すげーじゃん」

「そう！　開園ダッシュしたらいて、くれた！　でも、」

ぱらぱらページをめくると、そこにもさまざまな署名がされている。テーマパークってそういうとしに行くとこだっけ？

「その後、もっぺん会ったんだ。だから、もっかいサインくれ！　って言ったらしてくれたんだけど……」

指差した先には同じ名前が、なぜか堂々としたカタカナで記《しる》されていた。

「……あれ」

「あいつはきっと偽者だったんだ、でも俺たちだけの秘密だよ、ばれたら悪いやつにつかまってお化け屋敷に閉じ込められちゃうから」

偽者っていうか……と思ったが、年下の夢を壊すような無粋《ぶすい》はしたくない。

「そっか、大変だな」

「あーっ皆川くん！　こんなとこにいた！」

大きな声がして、女がずかずか近づいてくる。

「勝手にうろちょろするんじゃありませんって言ったでしょ！　……ていうか何コーラ買ってんの⁉」

「アイフィールコーク！」

「そんなこと訊いてないのよっ！　ほら、皆のとこに戻る！」

引きずられるように連行されながらも、ちびっ子はコーラ片手に「ばいばーい」と明るく手を振っている。潮も振り返しながら、学校の先生って大変だな、と子ども心に思った。その隣を、また他校の集団が通り過ぎていく。

「先生、点呼《てんこ》すみました。全員います」

「ありがとう、国江田くんがいてくれると先生助かるわ」

絶対買い食いなどしないだろう、妙にこぎれいな少年のはにかむような笑顔とすれ違う。

窓の外は真夏の太陽、涼しいテレビ局の中では大人たちが忙しく立ち働いている。ほんとは、俺たちの相手なんかしたくないんだろうな。

自分がどんな大人になるのか、想像してみようとした。でも全然、見当もつかなかった。

イミテーション・ゴールド

報道カメラの待機部屋に行き、カメラデスクからの引き継ぎメモを確認する。不発弾《ふはつだん》処理の取材は2クルーで、処理は昼までだがその後の現場撮影があるから一班は居残り、車両が空《あ》いていなければタクシーでも可、泊まり荒木《あらき》十三時入り、K水産の消費期限偽装《ぎそう》の件はあす夜に会見場所が決定……自分の予定は、昼ニュース用の事件取材。公園の木立の間にテグスが張られていて、未明に自転車の年寄りが転倒してけがをしたばかりだ。リポートは……アナ部の皆川《みながわ》。ああ、あのちゃらちゃらやかましそうな小僧か。初めて組むが楽しみにはなれない。めんどくさそうな予感しかしねえな。

煙草でも吸いに行こうと喫煙ルームに向かうと、廊下の反対側から国江田《くにえだ》が歩いてくるところだった。

「錦戸《にしきど》さん、おはようございます」

「おう」

「あの、これ」

と紙袋を掲《かか》げてみせる。

「先日の、長野《ながの》旭《あさひ》の楢山《ならやま》くんから……中継のお礼にとお菓子をいただきました。今カメラデスクにお持ちしようと」

「ああ、適当に置いといてくれ。勝手に誰かが開けて食うだろ」

「分かりました。彼、あれから普通にテレビの仕事もできるようになったみたいですよ」

「へえ。ま、どっちにせよものにならないことには違いねえ」

「まだこれからでしょう」

国江田はやんわりフォローするが、本当のことだろうが、と思う。たとえばお前とあいつ、年齢差を考慮したって差は歴然、たぶんどんな努力でもチャンスでも永遠に埋《う》まらない。まあぱっとしないから続けてちゃいけないなんて決まりはない。山ほど見てきた、山といる「どうでもいいアナウンサー」の裾野《すその》がまた広がったというだけの話だ。

「あ、そうだ国江田、皆川ってどんなやつだ？」

「はい？」

「きょう一緒に中継なんだよ。お前『ザ・ニュース』で一緒だろ」

「……人柄は、僕から聞くより、実際に会ってみれば三十秒で分かると思いますよ」

曖昧な微笑とともに国江田はそう言い残した。無駄にもったいぶる性格じゃないはずだが、何だその含みのある発言は。

そして喫煙ルームで一服していると、扉が開いてここに立ち入るはずのない人間が顔を覗かせた。

「錦戸さん、お久しぶりです」

ほかにも三、四人がそこで煙草をくわえていたが、麻生《あそう》の姿を見るとそそくさと灰皿に落として

「失礼しまーす」と行ってしまう。本人が何を言ったわけでもないが、所定の場所で一服しているのに理不尽極まりねえな。お前の喉《のど》なんか知ったことか、とことさらに煙をふかすことで意思表示する。

「何か用か」

「長野では国江田がお世話になったみたいでありがとうございます」

「余計な茶々入れといて何言ってやがる」

「あれで折れるぐらいならやらないほうが賢明でしょう。公共の電波を部活みたいな気持ちで使われちゃ困る」

「へっ」

新しい煙草に火をつけた。

「それに、国江田が食い下がる姿を初めて見ましたからね。与えられた仕事だけを満点以上でクリアしてきた優等生が。なかなか収穫だった」

「てめえのその、上から駒みてえに人を見るとこが嫌いなんだよ俺は」

煙とともに吐き捨てる。

「お前も設楽《したら》も、国江田使い潰す気だったんじゃねえのか。ここんとこの仕事量えげつなかったぞ。耐久性能テストでもやってる気分か？」

「珍しい」

みじんも怯《ひる》まずに麻生は笑った。

「錦戸さんがそこまで若手に入れ込むとは」

「そんなんじゃねえよ。お前こそだろ。自分以外のアナウンサーなんか存在もしてねえってつらしてたくせに、ようやくポスト麻生の育成に取りかかってんのかね」

「どうして『僕の後』など必要だと思うんですか？」

麻生の肩越しに、ゆらっと陽炎《かげろう》のようなものが見えた。なのに狭い密室の温度はすっと下がる。いや、どちらも自分の気のせいかもしれない。何にせよ俺はこいつが嫌いだ、と再認識する。

「天才は一代限りってか」

「自分をそんなふうに思ったことはないですね。才能の大抵は、それを望んでいない人間に気まぐれに与えられているからたちが悪い」

「そうかい」

「あなたみたいに」

生返事に不意打ちが返ってきて「はあ？」と目を剝《む》いた。

「ご自分のことを、報道カメラで干され続けたと思っているのかもしれませんが違いますよ。しごく単純にあなたのカメラが天才的だったから、それに尽きる。どんなありふれた素材でも、錦戸さんが回すだけで画《え》の活《い》きが違う」

「何だよ気持ちわりいな」

「ところがご当人は賞をやると言われてもいらねえとつっぱねる、授賞式はすっぽかす……」

「うるっせえな！」

人の不幸でめし食ってる分際《ぶんざい》で、不幸に鼻先突っ込んだ結果を褒められるなんて居心地の悪い話だと思っている。だが、そんな青くさい心情をこいつに打ち明けるつもりはさらさらない。いら立って発した怒鳴り声で、ガラス扉の向こうを通りがかったスタッフがびくっと肩をふるわせるのが見えた。

しかし麻生は平然と「ご休憩中お邪魔しました」と背中を向ける。

――あの、麻生さん……大丈夫ですか？　今……。

――別に何も。

ああ、旭テレビの宝を恫喝《どうかつ》してたとかって噂が立つんだろうな、どうせ。


三十秒で分かる、という国江田の言葉はまったく正しかった。

「錦戸さんって外国人傭兵《ようへい》部隊にいたってまじすか？」

自己紹介の次にこんなことを訊いてくるバカがいるだろうか。錦戸は無視してロケ車に乗り込んだ。

「胸に七つの銃創《じゅうそう》があるってまじすか？」

無視。

「全身に、戦争で亡くした仲間の名前を刺青《いれずみ》してるってまじすか？」

無視。

「素手《すで》で人を殺す方法を百知ってるってまじすか？」

「うるっせえなさっきから！　十個も知らねえよ！」

「えー、教えてもらおうと思ってたのに」

皆川は心底がっかりした表情だった。

「誰だ、そんなくだらねえデタラメ触れ回ってんのは！」

「え、割と社内全域で言われてますよ」

「真に受けた上本人に直撃すんのはお前ぐらいだけどな……」

助手席でディレクターがつぶやいた。アナ部はどんな教育してやがるんだ。

「やっぱ裏は取らないと。俺も報道局の一員ですから」

「おいガキ、くっちゃべってんのはいいが、きょうの段取りちゃんと頭に入ってんだろうな。現場でもたもたしやがったら張り倒すぞ」

「やだな皆川ですよー、さっき名乗ったじゃないすか」

無視して腕組みし、目をつむった。自分じゃ分からないが、このご面相《めんそう》がまたいかついらしく、ほとんどの人間は話しかけてこない。

「錦戸さーん、聞いてます？　こんにちは、皆川竜起です」

……たまに例外もいる。

「こんばんは、滝川《たきがわ》クリステルです。こんばんは、幸田《こうだ》シャーミンです」

古いな、何で知ってんだ。

「オッスオラ悟空《ごくう》！」

「…………」

「あっ、今ちょっと笑った？　笑いましたよね？　デデ〜ン！　にしきど、アウト〜。ケツバット？　それともタイキック？　それともこの現場終わりで俺にラーメンおごります？」

「おいっ、誰かこいつ窓から放り出せ！　働く前から疲れる！」

「こういう子なんで慣れてくださいよ」

ところが、現場についてカメラを回した瞬間からばちっといっちょまえのつらに切り替わった。腹立つガキだ、と思った。


夜、帰宅すると妻が「荷物届いてますよ」と言う。

「誰から」

「ええとね、都築《つづき》さんて方から。お礼ののしがついてて。でね、ごめんなさい、由香《ゆか》が開封しちゃったの」

「おいバカ娘、人の荷物勝手に開けんじゃねえよ！」

「巨峰《きょほう》ゴチでした〜」

バカ娘がまったく悪びれずに答えた。

「どうせお父さん食べないじゃん」

「そういう問題じゃねえ」

と言ったところで反省するわけもないので追及は諦め、送り主に電話を掛けた。

『もしもし、お疲れっす』

「おい、余計な気ぃ回すんじゃねぇよ」

国江田の知り合いだという都築とは、中継先の長野で偶然つながりができた。だいぶ毛色は違うが、向こうも「撮る」のが生業《なりわい》の一部であるらしいので、自分の名前を出せば量販店よりずっと安く機材を売ってくれる店を紹介してやった。

『おかげさまで三脚《さんきゃく》買えましたんで。めっちゃ安くしてもらえてびっくりしました』

差額で巨峰が買えるほどじゃないだろうに。

『そんで、欲出てきてゴープロいいなとか思い始めてんすけど、どうすか』

「ああ、元取れるぞゴープロ。音も画《え》もじゅうぶん使える。ロケじゃ重宝してるよ。今までのマリンパックは音が割れる上に本体の熱でレンズが曇《くも》っちまってたからな」

俺に息子がいてくれりゃあな、とちらと思った。同じ道を歩んだとも歩んでほしいとも思わないが、こんなふうに楽しい話ができたのかもしれない。野球とか。しかし、皆川みたいな騒々《そうぞう》しいのが生まれないとも限らないわけで……ぞっとすんな。

電話を切ると、バカ娘その二が帰ってきた。

「ただいまー……あ『ザ・ニュース』つけて！」

「野球見てんだよ！」

「自分とこ見なよ」

リモコンを引ったくって勝手にチャンネルを変える。ちょうど、国江田がワンショットで抜かれているところだった。

「よしいた！　国江田計！」

「あ、あたしも見る見る～」

「最近いない時も多かったからさー、いないとまじがっかりするんだよね。あーきょうもかっこいい、マイナスイオン出てる……一日の疲れはイケメン浴で癒《い》やすに限る……」

「あたし皆川くんのほうが好きだなー。明るくてかわいいじゃん」

「甘いね、絶対女関係激しいよ。こういう一見無邪気なタイプに限ってめっちゃ遊んでる」

「えー」

「お前らのものになる日はこねえんだから、遊んでいようがいまいがどうでもいいだろ」

あまりに頭の悪い会話につい口を挟むと一斉攻撃された。

「いいんだよ！　分かってて言ってんだよ！」

「そんなこと言うなら国江田計と合コンセッティングしてよ！」

「あーあーうるせえな寛《くつろ》げやしねえ！」

「由香、亜美《あみ》、もう遅いから静かにね。お父さん、昼間真依《まい》から電話があってね、幼稚園の演劇発表会でカメラマン頼めないかって」

「こないだ、出禁《できん》申し渡されただろうが」

長女の娘（また女だよ）が通う幼稚園では、めぼしい行事には専門のカメラマンを呼ぶシステムになっていた。ビデオとパチカメ両方で、写真は注文制、映像はＤＶＤ一律配布。その代わり、保護者は競技中の撮影一切禁止。加熱する場所取りバトルを避け、かつ最近は子どもをターゲットにした犯罪も多いですから……というのが園側の説明らしい。

はあ大変な時代だね、と六月に行われた運動会でおゆうぎやかけっこを眺めていたが、ＶＴＲのほうのカメラマンがどうにもどんくさい。その位置でいいのか、そのアングルじゃねえだろ、といらいらが頂点に達した時、無理やりカメラを奪ってしまった。撮った映像をさらっと確認しただけでもひどいしろもので、「こんな水平もピントもきてねえ画《え》つないで誰が喜ぶんだ!!」と一喝《いっかつ》したら腰を抜かしてしまったのでその後はずっと自分で回した。孫は喜んでいたが長女は怒り狂って「もう二度と来ないで！」と言い渡した。もともと呼ばれたから行っただけなので困りはしないが。

「それがね、お父さんの回した素材でＤＶＤ作ってもらったら保護者の皆さんにすごく受けがよかったそうよ。今まであんなＤＶＤにお金を払ってたのがバカみたいだって……」

「言わんこっちゃねえ」

「十月ですって。出られそう？」

「まだ分かんねえよ」

めんどくさいことになったな。とっとと風呂入って寝るか、と腰を浮かせたタイミングで一度だけ携帯が鳴る。発信者を確かめてまず思ったのは、財布に現金は入っているだろうかということだ。

「……ちょっと飲みに行ってくる」

「あら、行ってらっしゃい」

「あーやーしーいーぞー」

「女だ女」

娘たちの野次《やじ》をよそに、妻はおっとりと夫を見送った。こんな時間にだの、誰とどこに行くのだの、一度も詮索された覚えがない。自分にはできすぎた女だと思う。家事も育児もノータッチ、仕事は不規則で、大きな事件や災害が起これば一週間も二週間も家を空《あ》けるのはザラだった。それを「分かりました、気をつけて」の一言で受け止めて文句ひとつ言わない。健《すこ》やかな娘を三人も産み、本人も元気でいてくれている。

つくづく俺にはもったいねえ女房だ、と心の中でひとりごちて空車のタクシーに駆け寄った。

高架下《こうかした》の狭っ苦しい飲み屋の、カウンターのいちばん奥にやつはいた。「キドちゃん」と、今や社内ではほとんど口にする者のないあだ名とともに軽く手を上げる。

「久しぶり」

「ああ」

ニスを塗ったようにつややかに光る声は、歳とともに深みを増し、酒や怠惰《たいだ》によってすこしも損なわれない。崩れた生活は生来の男前にむしろすごみのような色気をつけ、女に不自由しないというのも頷ける。

「元気?」

「まあな——大将、ビールくれ」

「まだ辞めてないんだろ」

「何で」

勝手に一杯始めていたやつは、冷酒のグラスを持ち上げてうすく笑った。

「キドちゃんの撮った画はすぐ分かる。二十秒のフラッシュニュースだろうが、五秒のQカットだろうが」

才能、という麻生の言葉を思い出す。冗談じゃねえ、と思う。そんなご大層《たいそう》なものが備わっているわけがない。それを言うなら、隣に座る男にだって確かに豊かな才はあったのだ。発声練習などしているはずがないのに今も衰《おとろ》えないこの声が、何よりの証拠だ。

「仕事中毒だねえ」

「そんなんじゃねえよ」

誰かの人生を食いつぶしてしまう大きすぎる荷物を才能と呼ぶのなら、そんなもの欲しくもなんともなかった。

「……この間な、ちょっと面白いアナウンサーと仕事したんだよ」

瓶《びん》ビールを手酌《てじゃく》で注ぎ、つぶやいた。

「今、夜ニュース読んでる国江田って分かるか？　見た目はまあ品のいいお坊ちゃんて感じで、今時のありがちな、お勉強の成績だけよくって叩かれりゃすぐに折れて腐《くさ》るモヤシかと思ってた。それが意外と――」

「……キドちゃーん」

間延びした声に、はっと口をつぐんでしまう。こいつといる時の俺は、頭の悪い犬みてえだ、と思うことがある。

「俺、その話、興味ねえなあ」

やつがそう言ったらそれまでだ。もう一言も続きを話さない。よくあることだ。腹など立たない。お前の隣で飲む酒は、いつだってふしぎなほどまずくて悪酔いする。

小一時間店にいて、やつは勘定も払わず先に席を立つ。いつものことだ。そして店の前で待っていて、お決まりの台詞を言う。

「キドちゃん、金貸してくんない」

黙って、財布の札を全部抜いて渡す。返ってきた例《ためし》もなければ、総額でいくら引っ張られたのか覚えてもいない。そしてやつは、数えもせずズボンのポケットにねじり込んで煙草の火を借りたほどの軽々しい「ありがと」で一切を片づけ、どこか——どうせ女のところだろう——に帰っていく。

みじめな人生だ、と思う。定職も家も貯金も、妻も子どもも孫も持たない、ひとつもうらやましいところのない人生。

でも、まぶしいのだ。今でも光っているのだ。とうに剝《は》がれたメッキの残骸《ざんがい》が赤錆《あかさび》の中で束の間見せる反射に過ぎなかったとしても、まがいものの輝きから目が離せないのだ。

アナウンサーなど、大嫌いだった。

ぼくの太陽

――はい、今週もやってまいりました、このコーナーでございます。

――日常のあらゆるものごとにセクシーを見出《みいだ》すっていうね。

――えー前回は、グラビアアイドルの皆さんに、大相撲の番付表をセクシーに読んでいただくという企画でお送りしたんですけれども、旭《あさひ》テレビのスポーツ部さんのほうから、割とオフィシャルな感じでの抗議をいただきまして……。

――それ、言うたらあかん言われてたやん、知らんで。

――というわけでですね、今回は誰からも怒られないよう、こちら！　のボードにあります元素の周期表を使いたいと思います。

――学生の時、よお語呂《ごろ》合わせしたやつですね。

――まあ、これでキュリー夫人とかから抗議が殺到《さっとう》しても僕らにはどうすることもできない……。

――誰にもできへんやろ。さて本日、この周期表をセクシーに読んでいただくのは、旭テレビの新人アナウンサー国江田くん～！

――こんばんは、入社一年目の国江田計と申します。

――あー、めっちゃさわやかな好青年ですねえ。

――ねえ。

――いえ……。

――人生において手に入らなかったものなど何ひとつありはしないんでしょうね。

――何でいきなり冷淡になったん？　国江田くん、アナウンサーなだけあっていいお声ですけれども、きょうは、ニュースを読む時とはちょっと違うセクシーな一面を発揮してください。

――はい、頑張ります。

――判断基準は、僕たちの勃起度になりますんで。

――やめろゆーねん。

――事務所のタレントやないからええやろと思って。

――そういう生々しい話、ほんまやめましょ。

――プロデューサーが「好きにしてください」言うたもん。

――あかんあかん。

――「Bぐらいまではいやがるかもしれませんけど」て。

――Bでいややったらその後もずっといややと思うで。はい、国江田くんの表情がどんどん曇《くも》ってきてるんでさっそくまいりたいと思います。さ、どれ読んでもらいましょ。

――うーん、じゃあこの、第五周期ね。お願いします。

――路傍《ろぼう》のストローいじる子、鍋持って狂って老人パラダイス。

――……ああ、いいですねえ。

――何かしみじみしますね。

――ちなみに国江田くんはよくいじるほうなの？

――えっ……どうでしょう。

――ちょいちょいセクハラ挟むなあ自分。さ、次。

――次はねー、あの縦《たて》の語呂合わせにしますわ。この、2族。

――ベッドでまくった彼女のスリップバラ色。

――おおー。

――きましたねきましたね。かなりのセクシーですよこれは。この調子で13族。

――バストはあるがインテリ。

――深いね。男の夢ですね。

――ちなみに国江田くん、おっぱいのほうは……？

――なんなん、その見合いみたいな訊き方。

――たしなんではるのかな、て。

――そらたしなむでしょ、こんだけイケメンですもん。

――むしろおっぱいのほうが国江田くんをたしなんでるかもしれませんね。たしなみたしなまれですよ。

――それどんな画《え》？

――涙の後には虹が出るんですよ。

――もう意味分かれへんがな。

――さ、どんどんまいりましょう、15族。

――日活《にっかつ》ポルノあすはサービス日。

――耳寄りな情報ですね。んー……17族。

――ふっくらブラジャーいい当たり。

——途中から野球になってへん？　これ。いい当たり、て二塁打《るいだ》か何か？

——違いますよ、ブラジャーがふっくらしててね、その中身もちゃんとふっくらしてた、と入れ乳ではなかったことへの安堵と喜びが渾然一体《こんぜんいったい》となったすばらしい一句ですよ。

——いや俳句とちゃうからね。

——さー……次は旭テレビ的に言わしてもええんかな？　あ、いい？　オッケー？　ということでプロデューサーが笑ってるんで16族〜！


——……幼いセックス照れて、ポッ。


——あーついにそのものの単語が。これ興奮しますね。

——僕ら、乳首に関して言えば完全に勃起してますよ。

——俺はしてへんよ！

——ところで国江田くん、水素って何かな？

——Hです。

——水銀。

——Hgです。

——ボーリウム。

――Bhです。

――ホルミウム。

――Hoです。

――ハフニウム。

――Hfです。

――おまえ「エイチ」言わせたいだけやないか！

――じゃあ、最後にもう一回だけ16族で締めていただきましょう。

――幼いセックス、

「おいっ!!」

唐突にヘッドホンをむしり取られた。おっと、もうそんな時間か。

「あ、おかえり」

「仕事してんのかと思ったら……何見てんだよ！」

「国江田さんの抜ける動画を探してて」

たまたま動画サイトを開いたら、過去の履歴《りれき》からのおすすめが表示されたのでついつい再生してしまっただけだが、真っ赤になった計の怒りようがあんまり面白かったのでそう答えた。

「アホか!!」

「オンエアで辱《はずかし》められる国江田さん、ごちそうさまでした」

「うっせー!!　新人の頃のヨゴレ仕事だよ!!」

「いやいや、いい感じにはにかむ演技できてたし、やりきってんね～」

「うるせーつってんだろ!!」

心ん中じゃ一万本ぐらいの五寸釘《ごすんくぎ》ぶち込んでたんだろうけど。計は口ぎたないが、シモ関係の罵詈《ばり》雑言《ぞうごん》はほとんど言わないのできっとほかのバラエティ仕事とはまったく違う意味で本当にいやだったろうとお察しする。しかも「いじられておいしい」というメンタリティとは無縁、こんなに愉快な性格なのに。

すごくいやなことをさせられて電波に乗っかるわこうしてネットで流されるわ……ああかわいそう、かわいそうなんだけど、何だろうなこのゆがんだ嬉しさみたいなのって。でもむかついたりもしてるし。万華鏡のピースがいっぱいに散らばってくるくるかたちを変える。

「これＤＶＤに収録されてる？　なら買おうかな……」

「届いた端から叩き割る」

「そんじゃ俺は国江田さんに生でどんなこと言ってもらおっかな～」

意味深に笑って椅子から立ち上がり、顎《あご》を軽く撫でてやるとものすごい勢いで払われた。意識してる意識してる。

「何言ってんだボケ」

「お仕事で絡《から》んだだけの芸人さんよりは過激な台詞《セリフ》言ってくれるよな？」

「アホ」

「まあ、佳境に入ると大概《たいがい》勝手に言ってくれるけどな」

「言ってねえ！」

「あれとかこれとか、俺は恥ずかしくて口に出せないけど」

「言ってねえっつの！」

「今夜もがんばれー」

「頑張るか！　ていうか今夜はねえから！」

「あ、そう。りょーかい」

あっさり手を引っ込めてやると、今度は途端に心外って表情だ。面白い、ていうかこんなに思いどおりになっていいものか。手のひらでころころしすぎじゃね？　……なんて思い上がらせてくれるのも、計が見せるいろんな貌《かお》の、たったひとつに過ぎないのをちゃんと知っている。まあふたりでいるとその面ばっかだからついつい図に乗っちゃうんですけど。

「じゃー寝よっか」

未練なく宣言し、先に立って二階へ向かうと、計は後ろで「あしたから泊まりのロケだから」と聞いてもいないのに説明してくれる。

「へー」

「ハードっぽいから」

「え、さっきのあれより？」

「そういうハードじゃねーよ！」

「ま、何にしても、がんばれー」

棒読みのエールを送って不意に振り返ってやると、油断して落胆を隠していなかった計が固まる。

「……嘘だよ、ばか」

階段の段差を利用して覆《おお》いかぶさるようにキスをし、「がっかりしたに決まってんだろ」とささやいた。

「せっかく週末なんだから、セックスしたかったよ」

普段あれだけ口が回るくせに（おもにネガティブな面で）、こんな時たやすく言葉を手放してしまう。その代わり、揺れる瞳の虹彩《こうさい》や呼吸や吐く息の温度が計の心情を雄弁《ゆうべん》に伝えてくれる。

「……そのぶん帰ってきたらサービスしてな、淫語《いんご》とか淫語とか淫語とか」

「おはようサンスポでも読んでろ！」

悪態《あくたい》をつき、無理やり潮を追い抜いて上がっていった計がすぐに「何これ」と振り向く。

「もらった」

「いやもらったって」

テーブルの上に鎮座《ちんざ》ましましているのは、手回し式のかき氷機だ。ご家庭用のちゃちなおもちゃじゃなく、一応店でも使える、大きな輪っかのハンドルがついた業務用。

「金貸してた友達が、これで勘弁してくれつって」

「え、いくら？」

「五万……はいかなかったかな？　まあ返ってこなくても諦める覚悟で貸したんだけど、せっかくくれるって言うし」

「屋台でも出す気かよ」

「また別の、飲み屋やってる友達が使いたいらしいからやる」

「いくらで？」

「んなあこぎなまねできるか。何度かただめし食わせてもらうぐらいだな」

「ふーん……」

「でも、美大出てるやつが母校の学園祭に出店《しゅってん》しようかみたいな話もあるからまじで屋台するかも。秋でも全然かき氷食べたいだろ。したらお前、客寄せのサクラに来いよ」

「時給十万」

計はつっけんどんに答えた。自覚があるのかないのか分からないが、自分の知らない潮の人間関係を匂わせると不機嫌になる。それは不安の裏返しなのだろう。この家の外に潮の世界があるということへの。

開き直りさえすれば、素のままの計でも普通に人間関係を築《きず》けるはずだ。事実、竜起とはいろいろあったがまああいい先輩後輩に見えるし、潮の周りにだって、性別にこだわらないやつ、口が固いやつ、たくさんいる。でも計はそこに溶け込んでいくなんてごめんだと言うに違いない。間に合ってる、と。計の偏屈《へんくつ》な依存を、潮は苦にしていない。

「かき氷作ってやるよ」

「ご大層《たいそう》な。氷削《けず》ってシロップかけるだけだろ」

「いろいろこつがあんの」

製氷器を冷蔵庫から出してシンクに置いた。そして放置。

「おい作れよ」

「室温になじませてちょっと溶かしてゆるくすんのが大事なんだよ」

半信半疑、よりも疑いの濃い眼差しだったが論《ろん》より証拠、じきに分かる。

「ところで、ロケってどこ？」

「甲子園」

計は非常にいやそうに答えた。

「高校野球？　珍しいな、スポーツなら皆川の畑じゃねえの」

「純粋に高校野球じゃなくてそれがらみのネタだから、逆に野球詳しくない人間のほうがいいって……死ねディレクター、俺をつけたアナ部のデスクも死ね」

「あ、いやなんだ」

「当たり前だろ、このくそ暑い中屋外でガキの拙《つたな》い球遊び見てどうすんだ」

「大変だな、かき氷機持参で応援に行ってやろーか」

「よし言ったな」

「時給二十万、アゴアシ別で」

「召使い雇《やと》って団扇《うちわ》で扇《あお》がせるわ」

とか言ってる間に氷も食べ頃のやわらかさになった。まず、うんと濃いエスプレッソを淹《い》れてからガラスの小鉢《こばち》と氷を機械にセットし、ハンドルをゆっくり回す。ほどよい抵抗と、しょりしょり氷の削れる、それだけで涼しい音。

きれいな山形に盛ると、てっぺんにバニラアイスをざっくり載せ、さらに上からエスプレッソをとろりとかけ回す。

「アフォガード風な、一応氷に甘みついてるけど、足りなかったら練乳《れんにゅう》あるから」

ほい、とスプーンを手渡すとすぐに氷を崩して（もうちょっとありがたがれよ）食べ始める。

「どう？　氷ふわふわしてるだろ？」

計は黙ってこくこく頷いた。こういう時はまあ、素直。砂糖を混ぜた水をゆっくり凍らせてなるべく不純物が入らないようにする……という手順を踏んだ甲斐《かい》があった。

「こじゃれカフェなら千円ぐらい取られそうなのがここならタダ……」

いえいえ、後ほど取り立てますよ。

「これ、いつ引き渡すって?」

「月曜かな」

「早い」

「でかいから邪魔なんだよ。約束してるし」

まだ大いに不満そうだったが「日曜の夜にまた作ってやるから」と言うとしぶしぶ納得したようすで、焦げ茶と白がマーブルに混ざった氷をすくう。


翌日、計はロケ準備のため午前中に帰った。潮は、最近負荷《ふか》が大きいせいかくたびれてきたマットレスの新品をネットで注文し、打ち合わせのために出かけたのだが、先方の都合で二時間ばかり待ちが生じてしまった。どう暇をつぶそうか考え、涼しそうなので手近な美術館に入った。全然知らない、十九世紀ヨーロッパの画家の特別展示。

「音声ガイドはお使いになられますか?」

「あー……じゃあ、借ります」

本当に、気まぐれな思いつきだった。解釈とか理解を求められるのが苦手だからふだんはこの手のものを使わないのに。展示自体にさほど興味がないからこそガイドを流し聞く気になったのかもしれない。

ヘッドホンを装着して手元のリモコンの再生ボタンを押す。悠長なクラシックの後に、ナレーション。

「へっ⁉」

途端、思いきり声が出た。館内のスタッフにちらりとつめたい眼差しをよこされ、慌てて口を塞《ふさ》ぐ。いやだって、無理ないだろ、という潮の衝撃を分かってくれる人間はいやしないわけだが。

――こんにちは。――展にようこそお越し下さいました。ナビゲーションを務めます旭テレビアナウンサー、国江田計です。

不意打ち、しかもヘッドホンという閉じた環境で聞かされたら驚くなというほうが無理だ。おそらく、展覧会の主催か後援に旭テレビが入っているのだろう。あいついつの間にこんな仕事してたんだ？　潮が知らない、ということは計が言いたくない仕事だったわけで、自分の引きの強さがちょっと怖い。偶然と運命って、だいたい一緒だな。

本人が帰ってきたらからかうネタができた、くらいの気持ちで改めてヘッドホンをつけ、国江田さんの声を聴きながら絵を見て回る。どうして計が黙っていたのかは、すぐに分かった。やたらと官能的な絵が多い。それ自体で劣情を喚起《かんき》させるような直截的《ちょくせつてき》な筆致《ひっち》ではないが、音声ガイドと一体になると結構な破壊力があった。だって、国江田さんの声でしれっと「性愛の表現の追求」とか「肉感的な腰つきの裸婦《らふ》」とか言うんだもの。

――宗教的な抑圧《よくあつ》から解放された、肉体的な交わりの悦《よろこ》びがキャンバスから溢れるばかりに描かれています。

わあ、そうすか。元素記号よりやばいなこれ。どんな顔でナレ録《ど》りしたんだろう、国江田さんの取り澄ました顔の下の顔は。

あーもう、と聴覚ばかり冴える身体を持て余しながら、どうしてくれるんだよと思った。ゆうべ抱いてないしこれから仕事だしお前はあしたの夜まで帰ってこないし、こんなとこに爆弾仕掛けていくんじゃねえよ。頭からかき氷に突っ込みたいぐらいの気分だった。


朝っぱらから電話が鳴った。日曜の午前六時だからかなり立派に朝っぱらだ。

『あっ都築さんおはよーございまーす！　あのー、きょうこれから逗子《ずし》でフライボードするんですけど一緒に来ませんー?』

「おめーはこんな時間からハイテンションだな……」

『早起き苦手なんでゆうべから起きてますよ』

竜起はけろっと答えた。潮も明け方まで仕事をしていたが、その足でマリンレジャーに興《きょう》じる元気はさすがにない。

「遠慮しとく」

あくびまじりに答えた。

『えーそうすか？』

「また誘って」

『国江田さんは……くるわけないか。あ、今頃もう甲子園で並んでますねきっと』

「何で？　第一試合まだだろ」

それに、許可を取った取材ならそもそも並ぶ必要はないだろうに。

『いやー、正確には高校球児が目的じゃないんすよ』

と竜起は言う。

『甲子園の試合、いつもバックネット裏に妙なおっさんたちいるの、知りません？　学校関係者でも保護者でもない感じの』

「さあ」

『大概《たいがい》同じ顔ぶれなんですよね。ああいう人たちって、要は熱烈な高校野球好きなんすよ。地方大会から追っかけて、甲子園期間中は全通《ぜんつう》みたいな。夜中から並んで席取って、まる一日試合観て……』

「へー……で？」

『いや、だからその、バックネット裏の熱いファンに密着！　的な』

「誰か見たいか、それ」

『いやー、まあ企画通っちゃったんでねー。俺らは仕事入れられたら従うだけですし。じゃあまた改めて誘いまーす』

「はいはい」

早朝なのに部屋の中はむっと熱気が立ち込めていた。起き出してカーテンを開けると、目をやられそうな夏の光。確かゆうべの天気予報では全国的に晴れ、ならば甲子園もこんな空、屋外での取材なんて考えるだけで気が滅入《めい》る。ハードっぽい、どころかめちゃめちゃハードだろ。失礼だから、計の仕事を同情の目線で見ることはまずないのだけど、きょうばかりは、リモコンに手を伸ばせばすぐにでも涼しい風にありつける環境に引け目を感じた。

下ネタでいじられるのも、お上品にエロいナレーションを読むのも、炎天下《えんてんか》で取材するのも、等しく計の仕事。つくづくすごいと思う。俺の彼氏、すげーわ。


夜、再び電話がかかってきた。

『これから飲み行きますー?』

「いや、また誘ってとは言ったけど」

インターバルが短すぎだろう。

「そろそろあいつ帰ってくるかもだから」

『あー、消耗《しょうもう》しきってるでしょうね。連絡ありました?』

「いや」

その消耗とは、単純に肉体疲労の話かと思ったら違っていた。

『あの、企画、ポシャったらしいんですよね』

「えっ？」

『大会の運営側からNG出たとかで……』

「いやNGも何も、事前に了承もらった上できょう現地行ってたんだろ？」

高校野球の取材はかなり制約が厳しい、と聞いたことがある。勝手な行動を取った日には局丸ごと出禁もありうるらしい。

『んー、最初は「取材内容の制限はできないので」って言ってたはずなんですけどね。察しろって意味だったのかなー』

「はあ……」

話に違《たが》わずややこしい取引先のようだ。でも特殊な利権を一手に握ってるから口出しできない。潮もそういう仕事を何度か経験したが、まあ大変としか言いようがなかった。

『またそれを、取材終わりのあいさつん時に言うからなー。国江田さん、たぶん第三試合までぶっ通しで観た後ですよ』

「まじで？」

『そうすよ。熱中症怖いしそこまではしなくていいってDは止めたんですけど、取材相手と同じことしてみないと分からないからって』

「なるほど……」

不器用、と言うと計は怒る。でもそれ以外に何と表現すればいいのか潮は知らない。どれだけ悪態をつこうが頑《がん》として近道も抜け道も使わない計を。とにかく、なるべく元気に帰ってくることを祈った。


「死ねー!!　くそ運営!!」

あ、よかった、元気いっぱいだったよ。早朝から夕方まで野外にいて、健康な成人男性といえど衰弱してもおかしくないと案じていたのだが、怒りが爆発しているのが逆にいいんだろうか。

「おかえり」

「時給三十万で蝶野《ちょうの》を雇う、一列に並べてビンタさせる、首が百八十度回るまでビンタさせる」

そしてこの悲愴感のなさ。本人的には大真面目なのだろうが、聞いているこっちは笑ってしまう。もっと陰《いん》にこもって徒労を嘆《なげ》く権利だってあるはずなのに、何だろうなこの、天性の芸人気質は。

ものすごく単純な話。お前といると、元気になれる。

「笑いごっちゃねえよ!」

「うん、知ってる」

「は?」

「おい、好きだぞ」

「はあ？」

いつもよりすこしだけ焼けた顔が照れにゆがんだ。手のひらをあてると、やはり日中の陽射しが溜まっているのか熱い。

抱き寄せると、石けんのにおいがした。

「シャワー浴びてきた？」

「あっちで、デイユースのホテル押さえてたから。汗と日焼け止めと砂埃《すなぼこり》で今世紀最大級に汚れた」

汗だくの自分がオンエアされないことはすばらしい、と計は言った。お蔵入りの消沈よりさわやかな王子さまイメージのほうが大事とみえる。そう、頑張っているところを見てもらいたいなんてみじんも思わないのだ、国江田さんときたら。

「何だよそのまま帰ってこいよ、もったいねーな」

「キモいこと言うな！」

「よし、じゃあもっと汗出しきるか、高校球児ばりに」

「言ってる意味が分かんねえ！」

「まーまー」

会えて嬉しいから、笑う。

「肉体的な交わりをよろこぼーぜ、俺たちも」

「な……」

ぎくっと強張《こわば》った計は、すぐに太陽を飲んだみたいに赤くなる。

「あ……っ！」

新しいマットレスも届いたので、これはもうご臨終《りんじゅう》させていい気持ちで思いきり軋《きし》ませた。

その、スプリングの身じろぎに合わせて計の声も上がる。

「ん、やー―ちょ、っと、きつい……」

「うん、俺も」

「そー、ゆー、意味じゃ、ないっ……」

冷房は入れているが、二十八度のエコな設定温度ではとても行為の熱を冷ませない。でも潮は、汗だくで交わりたかった。むかつきも疲れも、ぜんぶ流しちまえ。

「ほら、水分補給」

絡み合ったまま、ベッドの近くに引き寄せたサイドテーブルの上からポカリのペットボトルを取って手渡す。計は仰向《あおむ》けの姿勢で飲みづらそうに含んでまた戻す。まじで体育会系っぽいな。

「あっつ……」

「たまにはよくね？」

「よくねえよ」

「へえ」

どこもかしこも汗で濡れた計の片脚を思いきり抱え上げて突いてやる。

「っん、や、あ――!」

「ん……」

奥を抉《えぐ》った先端が何かを掘り当てたのか、強烈なけいれんが波紋《はもん》のようにやってくる。計がふかくいった証拠だ。身体で分かる身体のことって、どうしてこんなにいとしいのか。締め上げられるまま、潮も達した。

ペットボトルを呷《あお》り、まだ呼吸を整えている最中の計に口づけて流し込む。

「んんっ……ん、ん……っ!」

少量ずつ加減はしたが、計は苦しそうに喉を鳴らして「溺《おぼ》れる」と文句を言った。でも文句を言った口で唇を求めて潮の舌を吸う。うす甘いドリンクの味が残らずこそげ取られた。生ぬるくなったそれは、もうふたりの体温をすこしも下げてくれない。

首すじをべろ、と舐《な》め上げるといつもよりしょっぱい気がする。

「あ……っ」

夏に倦《う》んで傷《いた》んだみたいにあやうい朱《あか》さで尖《とが》る乳首を軽く噛んだ。暑さで息苦しいのか、浅い息をせわしくついて上下する胸に張り付いた汗にも舌を這わせる。

「ん、や」

そこからすこし下がれば、計が奔放《ほんぽう》に放った精液がまだ固まらずにとろりと素肌をよごしている。犬のように舐めてきれいにした——のか、むしろ新たによごし直したというべきか。やだ、と言う計の声がふるえているからには。

「あ、潮、あ、や……っ」

放出したばかりの性器に、再び手で口で興奮を植えつけてやる。むずかるようにもがく腰を体重で押さえ、射精後の独特の疼《うず》きが新しい発情に上書きされるまでは強引に施《ほどこ》す。

「やっ、あぁ……も、疲れた——って……」

「知ってる」

いろんな体液にまみれて卑猥《ひわい》な光沢《こうたく》に濡れる昴ぶりをこすりながら答える。

「でも抱きたい」

どんな愛撫より、その言葉に感じるというように手の中のものに血が通っていく。何だもう、この素直な身体は。かわいいな。手と口唇で扱《しご》き上げながら、潮の精液を孕《はら》んだままの後ろにも指を挿し込んだ。

「ああっ……！　や、だ……」

「まだ欲しそうじゃん」

熱くぬかるむそこは、これ以上よごしようもなくそそいだのに飽き足らないのか、たちまちひくひく求めてみせる。くちくち卑猥な音を立てて粘膜《ねんまく》を拡《ひろ》げれば、性器のちいさな管《くだ》はやっぱりしょっぱい先走りを潮の口にとろとろこぼした。いたずらな吸引で分泌《ぶんぴつ》を促《うなが》してやると、恥ずかしそうにちいさく途切れがちなリズムを刻む。

「あー、駄目だ、挿《い》れたい」

こんなにやわらかくてうごめいてて誘ってるんだから、いいよな。汗で滑らないよう、ぐっと押し当てる。下の口は乳白を含んだまま充血していて、ひどくいやらしい眺めだった。

「あ――っ」

再度挿入したそこは、さっきよりもっと熟《う》れて、計の体内で何かが融《と》けているんじゃないかと怖いくらいだった。怖いから気持ちいい。

二リットルのペットボトルをふたりで飲み干して空にすると、床に投げ捨てた。後はもう、おびただしく発汗して摩擦《まさつ》係数を失ったような四肢《しし》をさまざまに交わしながら求め合うだけだ。潮が舐めた計の汗がまた潮の皮膚から噴き出し、計の肌にぽたぽた落ちる。たぶん、シーツはいびつな人型で湿っているだろう。

「あっ、あぁ、ああ……っ」

「計」

「ん、あっ、潮――」

たわむれに言わせるどんな言葉より、陶然《とうぜん》の中からこぼれる「すき」という単純な一撃にやられてしまうのは、何だか悔しい。言わないけどな。

　さっぱりとシャワーを浴び直し、寝具一式を取り替え、本日のデザートを作る。このくらいはさせていただきますとも。たっぷりの桃をぐるりと盛りつけてヨーグルトをかけた。

「はー……」

　ひと口食べた計は、半《なか》ば放心の表情だ。

「ほら、暑がったぶん余計においしーだろ？」

「命がけでかき氷食いたくねーわ」

　仏頂面《ぶっちょうづら》でスプーンを向けてくる。つめたい果実と氷がつるりと喉《のど》を通過し、潮の中にまだあるちいさな火を冷やす。

　でも、消えない。

その他掌篇

by Michi Ichiho

ブログ等のこばなし詰め合わせ。
小ネタ好きなので、いきいき書いてますね。
出番があるとおいしいところを持っていく竜起は
「横顔と虹彩」にて国江田さんに
まんまと逆襲されています。

ねないこだれだ

計《けい》は、すっかり眠り込んでしまったらしい。キャスターをきしませないようそっと椅子を引き、立ち上がって傍《かたわ》らにしゃがみ込む。疲れているのだろうか、すこしやつれた印象ながら、まあよくおきになっている、と形容するほかない寝顔をじっと見つめ、デスクに戻った。卓上のメモ帳を開き、鉛筆でさらさらと描き写す。

……似てる似てる。

満足いくできばえだったから潮《うしお》はひとりで頷き、そして余白に描き加えた。

眼鏡と、マスク。すると紙の中の計は、国江田《くにえだ》計であって国江田計でない、潮が知っていて正体不明の、違う人間の顔になる。目の前にいる計とまじまじ見比べた。

そうだよな、やっぱそうとしか思えない。何で気づかなかったのか、と自分に呆れる気持ちと、いやあの豹変《ひょうへん》ぶりを想像もできねーだろと感心する気持ちが半々だった。

今揺り起こして、「知ってるよ」と言えばどうなるのだろうか。どちらの顔が現れ、どんな反応をよこすのか。好奇心混じりの衝動に駆られはしたが、こんな寝心地の悪いところで熟睡するほど消耗《しょうもう》している計を、これ以上追い詰めたくなかった。

計とオワリ、完全に棲《す》み分けられていたら？　と想像してみる。スイッチの切り替えを双方が知らない――ここまでぱっきり色分けされているとその可能性もゼロじゃない。だとしたらびょーいんかな。昔観たドキュメンタリーではひとりの人間の中にいるいくつもの人格が、長い長いカウンセリングによって徐々に統合されていった。それらは混じり合い、消えはしないが全く新しい自己を形成する。計もそうすべきなのだろうか。

「……もったいねーよ」

独り言がこぼれた。どっちがいなくなっても、寂しいしいやだ。完ぺきな優等生だけど弱みを見せるのをよしとしない頑固な計も、口が悪くてひねくれていてがさつで、でも傷つきやすいオワリも、潮は両方好きだと思った。

アナウンサーという仕事が計を縛《しば》るのなら、辞めりゃいいじゃん、と言ってやりたかった。重圧やストレスを抱えきれなくてふらふら自分のところに来てしまうほどなら。ずっとオワリのまま、ここにいたっていいのに。

もう一度、近づいてみる。目を覚ます気配もない。あした（もうきょうか）の夜のオンエアが終わるまでだって眠っていそうだ。起こさないでいようか。

足下《あしもと》に、ばたっと何かが倒れこんできた。計のかばんだ。中身のバランスが崩れたのだろう。屈《かが》んで元に戻そうとした時、開きっぱなしの口から、ぼろぼろに使い込まれたアクセント辞典が覗く。

――失敗して「所詮《しょせん》えこひいき枠《わく》だから」なんて言われたくないって必死で……。

俺はお前に、何をしてやれる？

潮は辞典をこっそり抜き出し、鉛筆片手に机に向かう。役に立つか分からない。むしろ、大事な時に混乱させてしまうかもしれない。でも潮は迷わなかった。

きっと、目印になる。

お前がここに帰ってくるための。

鉛筆の芯が、薄い紙にこすれるしゃっしゃっしゃっという音と、計の静かな寝息が混ざる、真夜中。

（初出：ディアプラス文庫「イエスかノーか半分か」発売記念ブログ掲載／２０１４年11月）

真夜中のラブレター

夜、潮の家に行くと、一階で電話をしていることがあった。潮は計を見て、鉛筆で二階を指す。上で待ってろのサイン。パソコンデスクの片隅にはつねに削りたてみたいに尖《とが》ったＨＢの鉛筆が転がっていて、傍には黒い表紙のついたロディアのメモ帳。潮はよく通話しながらメモを取っていた。

空港までの短いお見送りデートとその後のオンエアを終えると何だかどっと疲れて、階段を上る元気もなく一階のソファにだらしなく寝転がる。きょうはプライベートモードに戻らないまま立ち寄ってしまった。外出用のコートだからちゃんと脱いでかけないと、と思うのに、どうしても身体が動かない。

そういえば、ここで横になるのは初めて泊まった夜以来じゃないか。あれは春先の話で、取りとめない計の話に知らん顔をして潮はモニターに向かっていたっけ。今はもう冬の始め、そして潮はいない。いないから何も見るべきものはなく、計はつまらない気持ちで目を閉じた。

やばいな、このまま眠ったらまじで風邪引きそう。でも指の一本一本に鉛《なまり》をぶら下げたようにだるいのだ。

寝落ちルート寸前で計を引っ張り上げたのは、携帯の着信音だった。仕事用のほう、となるといい用件ではありえなさそうだが、しみついた勤勉さですばやくコートのポケットを探った。

「はい、国江田です」

我ながら、今の今まで睡魔に負けそうだったとは思えないはつらつとした応答。

『お疲れ、悪いなこんな時間に。ロケの入り時間と集合場所、急きょ変更になったから電話で伝えとかなきゃと思って』

あーだりーなー、と思いながら「わざわざありがとうございます」と、感謝と恐縮をミックスした声を出す。

『今言っていいか?』

「あ、すこしだけ待ってください」

書くもの書くもの。むくっと起き上がって潮の机に向かう。木の質感そのままのシンプルな鉛筆を手に取り、はがき大のメモ帳の表紙をめくると紫の線で方眼が引かれた用紙には、すでに何か書いてある。慌てて白紙のページを探し、鉛筆の先を押し当てた。

「……お待たせしました、どうぞ」

必要事項を書き留め、電話を切ると改めてメモ帳を覗いた。特に罪悪感がないのは、そこに何の秘密も情報もなさそうだからだ。方眼の地を生かして立方体が描いてあったり、升目《ますめ》を市松《いちまつ》模様に塗りつぶしてみたり、何度も円を練習した形跡があったり……埒《らち》もない落書きばかりだった。電話の最中、手持ち無沙汰《ぶさた》なのだろう。

手を動かさずにはいられないのかよ、と呆れながらばらばらばらっとページを繰《く》っていると、ほかとは違う複雑な描線が垣間見《かいまみ》えたので手を止める。

「——おい」

ひとりきりなのについ声が洩れた。子どものお遊びみたいなのとは全然違う、シンプルなタッチだけど本気出した感じの——……俺の似顔絵じゃねーか。

それも、寝ている顔だった。仕事モードの髪型だから、きっとあの晩の。

目を閉じた計の余白に、こちらは記号っぽい簡単な線でマスクと眼鏡のイラストが添えられていた。この後、アクセント辞典にこまごま仕込んだに違いない。

自分では見えない自分、を紙の中に見るのはちょっとむずむずするというか、居心地が悪い。これも「半分」だろうか。どんな顔して人の寝顔なんかこそこそ描いてたんだか。

さらにページをめくると「計」という文字が出没し始める。いかにも電話のついでらしく「けい」の時も「ケイ」の時もあった。「計　DVD」……あれだな、「返却ポスト入れといて」って言う時の、備忘録。「けい　ビール」……うん、お使いリスト。「計　アホ」……どういうことだ。もっとマシなこと書けや。

なのに俺は、何でこんなん見て会いたくなっちゃってんの。計の知らない誰かと電話で話しながら、計の名前を書く潮を想像して。鉛筆をまっすぐ上向ける時の笑った顔を思い出して。

計は新しいページに「潮」とでかでか書き殴った。それから「バカバカバカバカバカバカ」と。芯の丸くなった鉛筆を放り出して二階に駆け上がり、ベッドに飛び込む。

まだ往路の飛行機の中、と思うともどかしくて暴れ出したくなった。あと何日、ここでひとりで寝てなきゃならない。

早く帰ってきやがれバカ。

（初出：ディアプラス文庫「イエスかノーか半分か」購入者特典ペーパー／２０１４年11月）

あなたの知らない世界

ディレクター・A子さん（仮名）の体験談

よく、テレビ局って「出る」とか言うじゃないですか、でも私、そういうの全然信じてないんですよね。十年近くこの仕事してますけど、見たことないですし。寝不足で幻覚見てるんじゃないですか？　編集機落ちてデータ飛ぶとか、ロケ行ってテープ忘れたとか、そういうほうがよっぽど怖いですもん。

でも、そうですね、あれは……今思い出しても何ていうか……。

前触れとかはなかったです。夕方、担当してる番組のスタッフルームに行きました。そこで雑談交《まじ》えつつ、オンエアの項目決めてくんですよね。

そしたら、あの子ですよ、皆川竜起《みながわたつき》。

いきなり「おはようございます、そうちゃん」って言ったんです。麻生《あそう》さんにです。「え？」ですよ、ほんとに。一瞬、時間止まりましたね。私だけじゃなくて全員。だってそうちゃんって誰？　みたいな。皆川くんからしたら大先輩ですし、麻生さんのことそんなふうに呼ぶ人見たことないです。常に近寄りがたいっていうか、いじられるタイプの人じゃないですから。

最初は何かの罰ゲームかと思ったんですけど、本人やけに楽しそうだし、アナ部で何かあったのかなって思って国江田《くにえだ》さんに訊いてみたんですよ。でも「さあ……」って困ってるぽくて。皆川くんは「ひみつ～」って言ってました。

いいえ、麻生さん本人は全然怒ってるとかないですね。平然としてました。何とかしてリアクション引き出したいのか、皆川くんはよく話しかけてましたけど。

「そうちゃん、週末何してました？」

とか、

「そうちゃん、社食でうなぎフェアらしいっすよ」

とか。いちいち「そうちゃん」つけるんですよね。いる？　それ、みたいな。それでまあ、麻生さんは完全に聞き流してるんですけど、後ろ通った時に気づいたんですね。

ぼそっと「7」って。

間違いないです、ちっさい声でしたけど、ほかにも聞いてたスタッフがいたんで。彼は「8」でした。あ、「そうちゃん」の回数数えてるんだって思いました。あれ、やっぱ怒ってんのかな、やばいなって、皆川くんに注意したんですよ。やめときなよって。でも本人、がぜん調子乗っちゃって「百回に到達したらどんな願いでもひとつだけ叶えてもらえるのかも」とか……あ、はい、バカですよあの子。バカっていうかアホの子ですね。精神年齢が小五ぐらいの感じ。こういう時止めても無駄なんですよ。プロデューサーも「飽きたらやめるだろ」って言ってたんで、じゃあもう放置しようかってことになりました。

それからちょっとばたばたして、オンエアの……一時間ぐらい前だったかな？「10」を聞いた人がいました。とうとう二桁《けた》か、って呆れ笑いだったんですけど、そのすぐ後にまた「そうちゃん」って言ってたんですよ。俺のきょうの衣装ひどくないですか、スーツとシャツとネクタイが柄ON柄ON柄ですよ、とかそんなくだらない話……。その時、麻生さんが言いました。

「9」って。

え、さっき「10」だったんじゃないの？　でもご本人に言えるわけないじゃないですか。あれ、あれ、ってどきどきしてきて、皆川くんがまたまた「そうちゃん、お茶飲みます？」って……。

……はい。「8」でした。今度こそ間違いないです。

何のカウントダウン？　って考えたらすごく怖くなったんですよ。ぞくぞくーって、こう、「ゼロ」になった瞬間何かが起きるんじゃないかみたいな、この場でキレるとかじゃなくて、地球の裏側で悪いこと起こりそうみたいな。北京《ペキン》で蝶々《ちょうちょう》が飛んだらどっかで竜巻《たつまき》起こるみたいな。

ほかのスタッフも同感だったみたいで、皆川くん囲んで半泣きで止めました。もう勘弁してくれって。本人、まだ言いたそうでしたけどね。ギリ「3」のところでやめてくれました。よかったです。

結局「そうちゃん」って何だったのか、ですか？　訊いてないし、知りたくないです。知ったっていいことないと思うんですよ、そういうのって世の中に結構あるじゃないですか。


（初出：ディアプラス文庫「世界のまんなか」発売記念ブログ掲載／２０１５年６月）

世界をとめて

日がすっかり暮れ、月の位置が高くなる頃には会社行きたくねえとわめく元気も萎《しぼ》み、無駄な抵抗は静かな諦めに取って代わられる。ああもう寝なきゃ。でも寝たらあしたがきて、あしたの昼過ぎからはスーツ着て国江田さんしなきゃいけなくて……億劫《おっくう》だ。億劫だけど、たとえば今急に盲腸とかで救急搬送でもされようものなら「休みのうちにすませとけ！」と歯噛《はが》みしたに違いない。こんなんだから仕事大好きとか言われれんだよ。絶対違うのに。しかし、仕事に対する心情を明確に説明しろと言われても難しい。もちろん第一に「食ってかなきゃ」というのはある。

日曜は夕刊がないし夜のニュース番組もすくなく、この妙なゆとりがじりじり生殺しにされているようで逆にいやだ。ベッドでごろごろしながら携帯でネットニュースをチェックし、休みの最終日だからって特別な行事もなくこうして寝落ちするのか……と思っていたら潮が一階から上がってきた。

「悪い、もう十一時回ってたな。めし飛ばしてた」

「腹減りすぎてどうでもよくなった」

「言えばいいだろ」

物音ひとつしない階下では潮が糊《のり》で貼り付けたような集中でパソコンに向かっているんだろうと想像がついた。そのくらい、計にだって分かる。名残《なごり》を惜しむでもなくさっさと潮自身の日常に回帰《かいき》しているのは正直言って非常に面白くないけど、ここ数日計にかまけて進捗《しんちょく》が悪かったのかもしれないからそう強くも出られない。

「よし、じゃあ最後の晩餐《ばんさん》作るか」

「これ以上ブルーにさせんじゃねーよ」

「俺も腹減ったし、スピード重視な」

結果、台所からは袋ラーメンを破る音がしてきた。いや、好きだからいいけど。待つこと約十分、テーブルに土鍋がやってくる。季節外れ甚《はなは》だしいが、蓋《ふた》を開けるとサッポロ一番（塩）の表面でふたつの落とし卵が絶妙に蒸らされて白と黄色を鮮やかに発色させている。その周りにはぐるりとねぎが散らされ、仕上げに潮が黒こしょうをぱらぱら挽《ひ》いた。やべー、うまいに決まってる。

「バターバターバター」

「いやちょっとだけ溶かしてあるから。ほんと油脂《ゆし》好きだな」

足りなかったら追いバターするつもりだったが、そのままでちょうどよかった。湯気の立つ土鍋から卵の絡んだ麺を手繰《たぐ》り合う。潮も言っていたけれど、十年、もっと前からこんな夜を過ごしていた気がするからふしぎだ。

後片づけをすませると、潮は椅子を二脚ともベッドの前に移動させ「座って」と計に言った。

「もう歯磨《みが》いて寝る」

「すぐ終わる」

いったい何のことやらと思いつつ言われるままに腰を下ろして待機していると、なぜかスマホがベッドの上に置かれる。本体と変わらない大きさの機器がケーブルでつながっていた。

「電気消すぞ」

潮がそう前置いてスイッチを切っても、部屋は真っ暗にはならなかった。

ベッドの奥の壁に、枕サイズの映像が投影されたからだ。スマホと連結しているのは、小型のプロジェクターらしかった。
3、2、1とタイムコードが流れ、青みがかった黒の、深い闇が現れる。そしてそこに、赤い点が。続いて赤い点の周りに赤や黄色やオレンジの、色の粒が輪を描く。その外、その外、と刺繍糸《ししゅういと》のリングは広がっていった。あっちにもこっちにも。
「ディレクターズカット版な」

隣に座った潮が言う。

「うん」

目まぐるしいのに何処《どこ》か優しく、そして静かな花火だった。テレビで流れたCMを好きだと思ったはずだが（国江田さんが）、こっちのほうがずっとよかった。記憶を失った状態で完成品を見て潮のものだと気づかなかったのも無理はない。

「テレビのは、何かごちゃごちゃしてた」

「そっか？」

「ほかのCGが邪魔だったし、SEもMもナレーションもうるさかった」

「まあ、バーゲンだし。CMって目より耳に訴《うった》えるほうが大事だったりするだろ」

「お前、腹立たねーの」

こうしてプレーンな状態を見てしまうと、やたらポップなフォントのキャッチコピーや声の高すぎるモデル、すべてが、潮の仕事にめちゃくちゃな味つけをしたとしか思えない。

「広告の素材として発注されただけだからさ。トータルでディレクションしろって依頼だったら口も手も出しただろうけど、俺の『作品』を流すのがCMの目的じゃねーんだから」

潮は計のふくれっつらに苦笑すると頭を抱き寄せた。

「いろいろ残念じゃないっつったら嘘だけど、この手の仕事のほうがギャラよかったりするしさ。どうせ好き放題に加工されんだからって適当にしてたらいずれ自分の首が締まってくし……ま、難しいよな、お仕事は。食いぶち稼《かせ》ぐって大変だ」

そういう本音を潮がこぼすのは珍しい。

「でも、今はこうしてお前に見てもらえるからいいや」

「アホか、ひとりだけに向けてたら仕事じゃねーだろ」

「それもそうだ、じゃあ国江田記念館でしれっと流しといて」

「……おう」

潮の肩にすっかりもたれる。繰り返し、ちっぽけなスクリーンにふたりだけの花火は咲き続ける。

このまま朝なんか来ませんように、と、祈るように思う。何かから逃れるためじゃなく、ただ、今この瞬間を閉じ込めておくために。

神さま的な誰か、お願い。

（初出：ディアプラス文庫「世界のまんなか」購入者特典ペーパー／2015年6月）

Change The World

宴《えん》もたけなわ、腹いっぱいであとはだらだらしゃべりながら寝落ちするまでだらだら飲むだけ、という旅の堕落《だらく》の真っ最中にそのメッセージは届いた。

『お疲れさまでーす。温泉楽しんでますか？　ラッキースケベと殺人事件どっちが好きですか？』

文字だけなのに、自動的に脳内で音声再生される。才能だな。俺じゃなくてこいつの。

『何でんなこと知ってんの？』

缶ビール片手にすばやく返信すると、またすぐにぽこりとフキダシが増える。

『全部全てまるっとぬるっとお見通しなんすよ、ていうか依頼があってちょっと探りを入れた結果知ってるわけで』

『依頼？』

『うちのパイセンが、都築《つづき》さんが「パーソンズ」つながりで旅行してないか調べてくれって。国江田さんが絶対言うなって言うので、それは言えってことかなって思ったんで言いますね』

あいつが？　ＵＮＯの歓声をよそに眉をひそめる。

『それで？』

『調べてどうするかは聞いてないすよ。パイセンちょうど夏休みですし、来るんじゃないすか？　乱交とかするなら今夜までですよ』

するか。軽く頭を振ってみて、酔いがさほどでもないのを自分で確かめてから潮は立ち上がる。そのまま、さりげなく部屋を出ると木崎《きざき》が追ってきた。

「都築さん、ひょっとしてお風呂行かれるんですか？」

「うん、軽く」

「お酒の後ですから、気をつけてくださいね」

「うん、ありがと」

目ざといな、と感心してしまう。スタッフと演者《えんじゃ》の上下関係を持ち込んで人を使う場面もなかったし、計のストレスの要因だと分かっていても、潮は木崎を嫌いじゃない。計もそんなことは望んでやしないだろう。

それに潮は、知っている。計が本当の本気を出せば誰にも負けない。今はちょっと歯車の噛み合いが悪いだけだ。

いくつかある露天風呂のうち、建物からすこし離れたいちばんちいさなところを選んで入ると、誰もいなかった。掛け湯をして、熱い湯に身体を沈める。

来るか？　いや、来ねえだろ。微妙に気まずい状況で、あの小心者が、わざわざ遠方まで。東京に戻ったらこっちから訪ねていこうと思っていた。それが負けとかいう感覚は潮にはない。

でも、もし来たら、と思うとわくわくする。国江田さんなのか計のままなのか、どんな顔で何を言うのか。ああ俺、全然怒ってねーな。ひとりでぐるぐる悩んだあげくかっかすんのやめろ、って一言言いたい気持ちもあったはずだけど、もういいや。

会いに来てくれたらそんだけで。

湯気《ゆげ》の彼方の空には、星々がにぎやかにさざめいている。あしたには計もこれを見たり、するだろうか？

あおのいて、ちいさく鼻歌を歌う。

星に手が届いたら、君にひとつあげよう、とか、そういう歌詞の。


（初出：ディアプラス文庫「世界のまんなか」重版御礼ブログ掲載／2015年6月）

特別に試食させていただきました

　アナ部のサイトをリニューアルするとかで、プロフィールを更新することになった。出身地とか誕生日血液型くらいなら別にいいが「尊敬する人」「座右《ざゆう》の銘《めい》」あたりは結構めんどくさい。「こういう人を尊敬する自分」「こういう言葉を胸に刻む自分」、表明する時点でそこにはしゃらくさい自己プロデュースの成分が入ってしまう。ちなみに「尊敬する人」はいつも「両親」で通す。真っ赤な嘘ってわけじゃないし、戦国武将とか幕末《ばくまつ》の連中を挙げるよりよっぽど賢明だと思っている。お前が織田信《おだのぶ》長《なが》や武田信玄《たけだしんげん》の何知ってんだよ。

　困るのは座右の銘、座右の銘な……。

「簡単じゃん、一日一善とかでいいんだろ?」

「小学生かよ……『おいしいものは、脂肪と糖でできている』」

「それキャッチコピーですけど」

「『国江田計と書いて「何でもできる」』」

「それこないだの『はじめの一歩』じゃねーか。……国江田計と書いておりこうバカと読む」

「おい」

「国江田計と書いて嘘つきアナウンサーと読む」

「おい」

「国江田計と書いてジャンク舌と読む」

「ただの悪口だろーが！」

「国江田計と書いて実際の商品とは異なります。国江田計と書いて番組上の演出です。国江田計と書いて放送にお見苦しい点がありましたことをお詫《わ》び申し上げます」

「おいっ」

「国江田計と書いてスタッフがおいしくいただきました」

「スタッフって誰だ！」

「俺」

国江田計と書いて、続きは寝室で。


（初出：ディアプラス文庫「イエスかノーか半分か」重版御礼ブログ掲載／２０１５年７月）

VOICELESS

始まりは突然だった。

「では、フラッシュニュースの四本目をスタジオで軽く受けるということで……っく！」

突然で当たり前ではある。しゃっくりだから。打ち合わせのテーブルは、つんのめったように引きつった計の声に一瞬静まり、それから竜起が唐突に叫んだ。

「国江田さん、なすの色はっ？」

何だこいつ。

「え……むらさき……っく！」

「あれ、駄目かー」

「何言ってんのお前」

「え、言いません？　こうやったらしゃっくり治るって」

「嘘だろ」

「あ、俺聞いたことある。でも『豆腐は何からできてる？』『大豆』じゃなかったっけ」

「えー知らない。息止めるんでしょ」

「コップの水、奥から飲むんだよ」

「前転してガッツポーズ」

うるさいな、愚民《ぐみん》ズ。計は軽く片手を上げて「お騒がせしました」と言った。

「大丈夫ですから。じきに止まりますし」

「でも、あと五分で本番……」

「大丈夫です……っく！」

スタッフの顔が一瞬で曇《くも》る、が計は「大丈夫です」と繰り返す。

「まあ、たまにはしゃっくりしながらニュース読むのも面白いよね。人間だもの」

設楽《したら》がのんきに笑う――からには、計の「大丈夫」を信じているのだろう。麻生も新聞に目を落としたまま何も言わない。

「よーし、じゃああと五分の間に全力で国江田さん驚かせるぞー」

そこの張り切ってるバカ、帰れ。


オンエアは宣言通りに大丈夫だった。大丈夫に決まってんだろ。神に愛されしアナウンサーのこの俺が、カメラの前でしゃっくりなんかするか。ＣＭ中も、出るかな、とか、出たらどうしよう、という不安さえ覚えなかった。

「……っく！」

しかし、終わった瞬間から復活、そして止まらない。人体の神秘だ。

「何だ、しゃっくりか？」

「なすも豆腐もいらねーからな、っく」

「は？　ちょっと舌、ベーって出してみ」

言われたとおりにすると、潮は服の袖口《そでぐち》越しに指で舌をつかんで引っ張った。

「いあっ！」

「どう？」

「ってーな、てめ――、いっく！」

「あ、治んねーな」

じゃあ、と今度は計の両耳に人差し指を突っ込む。

「おい！」

黙ってろ、と口だけ大きく動かして潮が伝える。いや、普通にしゃべってもらっても聞こえるけど。よく分からないが、これもひとつの解消法らしい。静かにしていると、栓《せん》をされた耳の奥から、ごー……と地鳴りめいた音がする。血流の音だろうか。近い距離に、潮の顔がある。

潮の唇がゆっくり動く。

ば、

か。

おい。いらっと眉間を狭めると、楽しそうに笑った。

す、

き。

身体の中の地鳴りがすこし大きくなる。いや騙《だま》されない騙されない。精いっぱい無表情を装《よそお》う。それが何か？　って感じの。成功しているかどうかは定かじゃないけど。だって潮はますます楽しげだ。

そして「あ」のかたちに開く口。

い、

し、

て、

耳の中が、ごうごう鳴る。

「へっ……？」

突然異物が引き抜かれ、耳腔《じくう》にぽんっと空気が流れ込んでくるのを感じた。

「よし、止まったな」

「は？」

「しばらく耳栓してやると治るんだよ」

「……へー……」

「よかったよかった」

ぽんぽん頭を撫でられる。耳栓の効能か、はたまた口パクに息を呑んだせいなのか、とにかくしゃっくりは引っ込んでくれた。

でも、代わりにやまなくなった動悸《どうき》をどうしたものか。このやろう。


（初出：ディアプラス文庫「イエスかノーか半分か」＆「世界のまんなか」重版御礼ブログ掲載／２０１６年２月）

JUST LIKE a Chocolate

二月十四日、人気者の彼氏はきっと漫画みたいに大量のチョコレートを持ち帰ってくるんだろうと思っていたが、計がぶら下げてきたのはちいさな紙袋ひとつだけだった。

「偽装人気か……」

「違うわ‼」

計によると、視聴者から送られてきたものは社の方針として本人に渡さない（何年か前に異物混入騒ぎがあったらしい）、社内でもらったものは国江田さんの方針として「その場で開ける」のだという。おいしそうですね、僕ひとりじゃもったいないから皆さんでいただきましょう、と。けん制にもなるし家で包装紙など分別する手間が省《はぶ》けるし何より国江田アナに貢《みつ》がれるチョコレートは高級品ばかりだが中の人はそれを好まない。

ボンボンもトリュフもプラリネもノーサンキュー、パリだのニューヨークだのから来日したカリスマショコラティエ、んなもん知るか、要はドサ回りの営業ってことだろ？　何も入ってなくて何もかかってなくて何のギミックもない、スーパーやコンビニで売ってる国内メーカーのが好き。なのでオープンにしてしまうと、ひとつつまむだけでＯＫだし、ホワイトデーも個別に返さず「皆さんでどうぞ」方式で切り抜けられる。

「じゃあそれは？」

「帰りのエレベーターで捕まって押しつけられた」

　計は忌々《いまいま》しげな顔をしていたが、中身はごくうすいタイルみたいな正方形の板チョコのアソートだった。すぐ食べきれる少量だし、配慮のあるプレゼントといえる。デパートにならば必ずといっていいほど入っているポピュラーなメーカーで、マニアックじゃないベタさも却って安心できる。

「この、カカオ濃いやつお前にやる。どうせ苦《にが》いから」

「はいはい、お子ちゃまだな～」

「苦いのがダメなんじゃなくてチョコレートなのに苦いっつうのが気に入らねーの！　甘いカレーぐらい意味分かんねーよ」

「分かった分かった」

　テレビをつけると、タイミングよくその店のチョコが映っていた。ぱき、と板チョコ（カレというらしい）をかじりながら見ていると、名前の由来がアニメ仕立てで紹介される。

　――十一世紀、イギリス。心やさしい伯爵夫人がいました。彼女は、重税に苦しむ領民たちを見かね、領主である夫に税の引き下げを訴えました。夫は「お前が裸で馬にまたがって領内を回ったら願いをきいてやろう」と言います。何と夫人はその要求どおり、一糸《いっし》まとわぬ姿で馬に乗り、街を練り歩いたのです。領民たちは慈悲深い伯爵夫人を辱《はずかし》めないようにと、その日家じゅうの窓を閉め切ったということです……。

　全裸で馬っていろんなとこが痛いんじゃね、と、どうせおとぎ話だし、潮の感想はその程度だったが、計は冷めきった顔で「ただのプレイじゃねーか」と断じた。

「は？」

「この条件がもうおかしいし。俺の嫁のマッパ見ろってプレイだろ、窓閉められて『覗かへんのかーい！』ってなったに決まってんだろ」

「何で関西弁？」

「何となく」

「さすが、プレイ好きなだけあって洞察が深いなー」

「好きじゃねーから!!」

次の日、夕方のニュースに計が出ていた。スタジオじゃなくて体験もののＶＴＲで。

——最近、男性にもヨガが人気ということで、きょうはこちらのスタジオにお邪魔しました。……こんにちは、よろしくお願いします。

——はい、じゃあさっそく始めたいと思います。

そこはかなりハードなプログラムが売りらしく、いくつかのカットでレッスン風景が流れ、「一時間後……」というテロップが出る頃、国江田アナは汗だくだった。

——あー、これは、ちょっとかなり、厳しいですね……。

前髪はぐっしょり濡れて額に張りつき、余裕で絞《しぼ》れるTシャツも肌に密着。マットにうずくまり、上気した頬をぬぐって必死で息を整えている。

何この、ちょっと見覚えのある感じは。いや方向性は違うけどお仕事をそんな目で見ちゃいかんけど。釈然としない、というか面白くない。

やっぱこのプレイはねーわ。ていうか好きじゃない。あー。

帰ってきたら、チョコレートみたいにかじってやる。

（初出：J・GARDEN無料配布ペーパー／2016年3月）

おうちのあかり

計には今でも、夢だったのかそうじゃないのか分からない。

まあ、どっちでもいいっちゃいい、けど。


計の部屋と潮の部屋をつなぐ扉のない出入り口、そこに下がった目隠し代わりの白いロールスクリーンがほんのりと明るんでいる。

ふと目を覚ました計はそれに気づくと、傍《かたわ》らの潮を揺さぶった。

「おい、あっちの電気つけっぱなし」

「えー……?」

うす目の潮が眉根を寄せる。

「消したって」

「でもついてるだろーが」

「まじで……? 何でだろ、消しといて」

「自分でやれ」

「国江田さんに求められすぎて疲れたから動けねえ」

「んなこたこっちが言いてーわ!!」

ふだんは寝起きがいいのに、どうしたわけか今夜の潮は心底眠いらしく、それ以降話しかけようが叩こうがまぶたをぴくりともさせなかった。演技じゃなさそう、と判断すると計はしぶしぶ起き上がる。潮の部屋の電気代だし、ひと晩明かりがついていようがどうという話ではないのだが、計は計で、その時隣の明るさが妙に気になってしまったのだった。

フローリングの床をぺたぺた歩き、紐《ひも》を引いてスクリーンを巻き上げると、そこは潮の部屋であって潮の部屋じゃなかった。

カウンターじゃないキッチン、見覚えのない壁紙、見覚えのない電灯の笠《かさ》、見覚えのないテーブルセット。しかもそこには、人がいた。三人も。

紐をつかんだままの計は、もちろんそれは驚いた。でも恐怖やパニックには至らず、あれ、程度で①夢（オッズ一・二倍）②幻覚（一〇倍）③心霊現象（一〇〇倍）……と考える余裕さえあった。

現実とも非現実とも言い切れない光景は、この長方形の中で展開されている動く絵、あるいは箱庭の中のお人形劇、そんな感じだった。干渉できないしされることもない、という確信だけがなぜかはっきりとある。

男ふたりと女がひとり。たぶん全員二十代。

男のうちひとりは潮によく似ていて、もうひとりは、あの、西條《さいじょう》に似ていた。そして女には、潮の祖母の面影が見えないこともない。晩酌《ばんしゃく》の真っ最中という雰囲気で、テーブルにはビールの瓶《びん》やコップ、それに料理の小皿が並んでいる。箸《はし》が伸ばされる、ビールが注《つ》がれる、三人ともよくしゃべっている、にもかかわらず、無声映画みたいに音声が存在しなかった。

何じゃこりゃ、と計は思った。こいつらやっぱ、あれだよな、あいつの両親と（のちの）秘書。化けて出るにしても、普通息子だろ。お間違えじゃないですか……いや、三分の二は生きてるわ、まだ。このままずかずか入ってったらどうなるんだろ、と考えたもののためらってしまったのは、彼らがあまりにも楽しげだったからだ。潮の両親（と思《おぼ》しき男女）は並んで座り、夫婦なので割といちゃいちゃしている。肩に触れたり髪に触れたり指を絡ませたり。若干《じゃっかん》「欧米か」的な、でも向かいにいる西條（たぶん）は特に気まずそうなようすもなく、ふしぎとあからさまな「二対一」の空気にもならず、要するにその静かな宴はいいものに見えた。

印画紙に一瞬が焼きつくのなら、家にも、かつて住んでいた者の残像がひそんでいるのかもしれない。季節や日にちや時間や天気や、膨大《ぼうだい》なチャンネルが奇跡的に合致《がっち》した時、珍しい天体の現象みたいに再生されるのかもしれない。

計は目の前の映像を、潮にも見せたかった。でも声を出したり身じろいだり、とにかく今この瞬間の均衡《きんこう》をすこしでも破ったらたちまち消えてしまう気がした。だからただ棒立ちになっていると、不意に女の横顔がぐるっと計の正面を向く。

計を見た、違う、計じゃない。目線がずっと下だ。この夜に存在した、もうひとりを見た。そして笑った。

――……潮？

急にマイクのスイッチが上がったように、聞こえた。やわらかくて甘い、花のような声だった。

――ごめんね、起こしちゃった？　どうしたの、トイレ？

計は思わず紐から手を放し、上がりきっていなかったスクリーンがしゃっと下りた。

布の向こうがふっつりと暗くなる。

再び、そろそろと巻き上げてみても、そこは無人の、いつもと変わらない潮の部屋でしかなかった。

狐につままれた、とはこういうことか。計はゆるく頭を打ち振ると、台所で氷水を一杯飲んでからベッドに戻った。相変わらず熟睡している潮の身体をまたいで壁側に収まると、手形をそっと撫でる。

朝になったら、潮に今の話をするだろうか？　――きっとしない。信じてもらえるかどうかじゃなく、言葉にした端から自分でも嘘だと思ってしまいそうだから。空気に触れたら崩れて消える、あれは砂のおうち。マッチの炎に揺らめくはかないまぼろしの幸福。

計がもし潮みたいな仕事をしていたら、何とかかたちに残したいと思っただろう。粘土《ねんど》でも彫刻でも絵でも、スクリーン越しの淡い光、食卓の光景、女の、ぱっと輝いた笑顔。あのあたたかさ、親密さを外に留め置ける方法を探したに違いない。でもできないから、ただ、胸の底に抱いていく。

つめたい唇で潮に触れてみても、寝息はなだらかなままだった。

（初出：ディアプラス文庫「おうちのありか」発売記念ブログ掲載／２０１６年６月）

カントリーロード

祖母の家を訪れると、先月持参した南天《なんてん》がまだ残っていた。紐《ひも》でくくってキッチンの壁に吊るしてある。つややかな真紅《しんく》だった実は、今や渋くくすんだ紅茶色だ。

「ぶら下げてたらきれいに乾燥してドライフラワーになってくれたの」

「ふーん」

「真っ赤もいいけど、このくらい落ち着いた色のほうが目に優しくてほっとするわ」

「いちご買ってきちゃったけど」

「それは真っ赤なうちに食べないとね」

「用意するよ」

洗ってへたを取り、ガラスの器《うつわ》に盛ってテーブルに持っていくと、こっちから切り出そうと思っていた名前を先に言われてしまった。

「この間、国江田さんが来たんだけど」

「あー、らしいね」

「らしいねじゃないでしょう」

祖母は柄《え》の細いデザートフォークを赤い果実に突き刺して抗議する。

「お友達だなんて教えてくれなかったじゃない」

「んー……」

だってお友達じゃないしな……と思ったが素直に「ごめん」と謝った。

「テレビ出てる人だし、あんまそういうのしゃべるとさ」

「それは分かるんだけどねえ……いいけど……」

「全然いいと思ってないじゃん」

潮は苦笑する。

「釈然としないのよねえ。あなたは水くさいって言ったら、国江田さんも頷いてたわよ」

壁を作っているつもりは、今も昔もない。単純にどう頼っていいか分からないだけだ。基本的に、自分のことは自分でしたいし、もう終わってしまったこと、言っても仕方ないことは口に出したくない。でも本当に手も足も出ない状態で計に助けてもらった時、何か憑《つ》きものが落ちた感じはあった。悪いなとか情けないと思うより、ただただ嬉しかったから。

「おうちに帰ってたんですって？」

「うん」

「そう」

祖母は何も訊かなかった。果肉の細かな粒が歯の間でぷちぷちつぶれる。赤い部分じゃなく、本当はこれがいちごの「実」なのだ。それなりにちゃんと生きているつもりだったけど、水くささを許してくれる相手に甘えてやってこられたのだと知った。

「結果的には行ってよかったよ」

「そうなの」

「難《なん》が転じたな」

「あなたの説ではまた難になるんじゃなかった？」

「そうなんだ」

「あらどうしたの」

「ちょっと、取り急ぎ引っ越さなきゃならなくなって、家探してる」

「どんなところがいいの？」

「まー雨風がしのげれば」

「何を貧乏侍《びんぼうざむらい》みたいなこと言ってるのかしらこの子は」

呆れられたが、要望を数え上げればきりがなく、そして「あの家がいちばんよかった」と振り出しに戻ってむかついてくるのが精神衛生上よろしくない。切り換えるには一度ゼロフラットにしてしまうのが大事、とはいえある程度条件を決めないと不動産屋にも当たれやしない。

「ばーちゃん、いちごもっと食べなよ」

「もう結構。年ですからね、二、三粒食べれば満足よ。……そうだ、ジャムにしてあげるから持って帰りなさい」

「手間なんじゃないの」

「お鍋でことこと煮るんならね。でも電子レンジで作れるから」

今度は祖母が台所に立ち、水を張った鍋に保存用の瓶を入れて火にかける。そしてボウルでざっくりつぶしたいちごにグラニュー糖とレモン果汁を加えて電子レンジに入れた。

「はい、これで後は待つだけ……そういえば花《はな》は、いちごジャムが嫌いだったの」

祖母がつぶやく。

「そうだったっけ?」

「小学校に上がって、給食で出されたのが生まれて初めてのいちごジャムでね、あの子にとっては『わけが分からないもの』だったのよ。いちごの形もしてないし、いちごの味とも違うって」

「ああ、『いちごの味』と『いちご味』って違うもんな」

「でも、家でいちごジャムを作るところを見せてあげたら納得して、それからは食べられるようになったの」

「何だそりゃ」

「コーヒーもそう。実があって、収穫して焙煎《ばいせん》して……っていう仕組みを知ったら、苦いのが平気になったみたい」

「変わってんな……」

「でも誉《ほまれ》さんは、そういうところが面白いって気に入ってたみたいね」

「……ふーん」

レンジの中は、覗き窓の向こうがほんのり明るくて家みたいだった。十分ほどして、半分くらいかたちが残った粗挽《あらび》きのいちごジャムができると部屋じゅうに甘い香りが流れ出す。

「さ、熱いうちに瓶に詰めちゃってちょうだい。素人《しろうと》仕事だからなるべく早く食べてね」

「はいはい」

「ねえ、さっきの引っ越しの話だけど、本当にどんなところでもいいの？」

「うん。ブラジルとかだったら困るけど。ここにも来られないしさ」

すると祖母は、チェストの引き出しをごそごそ探ったかと思うと、楽しそうに笑った。

「潮、たまにはおばあちゃんにおねだりをしてみない？」


まじか。持ち重りのする鍵束を手のひらで弄《もてあそ》びながら潮は歩いている。ものごころつく前に住んでいた（らしい）街並みにもちろん見覚えはない。とりあえず行ってみて考えなさいよ、と押し出されてやってきてしまった。棚ぼたの家、ありがたいけど、いいのか――いや、逆に誰に悪いのか。

確かなのは、心を決めかねている、その迷いを煩《わずら》わしくは感じていないということ。

斜めがけのかばんに入れたいちごジャムはまだ温かい。あしたは土曜日だから、計の家で朝食にしよう。パン屋でふかふかの食パンを一斤《きん》買って、ぶ厚く切ってトーストして、バターをたっぷり塗った上にいちごジャムをこてこて盛って食べる。卵とベーコンも焼いてコーヒーを淹《い》れよう。

そう考えるだけで、何だか勇気が出た。

次の角を曲がったところに新しいおうち候補があるはずだった。


（初出：ディアプラス文庫「おうちのありか」購入者特典ペーパー／２０１６年６月）

オールフィクション

（※この物語はフィクションであり、実在の人物・団体とは一切関係がありません）

❶そのままでしばらくお待ちください

「あー、そいやNHKの集金来てる頃かなー」

計の部屋で公共放送を見ながら潮がつぶやいた。

「ダイナミックな夜逃げだと思われてるかも」

「何で引き落としにしねーんだよ」

「自由業だから、無理やり人と会うとか無理やり外出る用事つくっとくほうがいいんだよ。光熱費も払込票だったし……でももうぜんぶ引き落としでいいかな」

これからは計と毎日会うから、という意味を言外に感じ取り、計はひとり照れた。

「ところで国江田さん、お支払いは？」

「引き落としに決まってんだろ」

「いや違くて、NHK払ってんの？　っていう」

「払ってるに決まってんだろーが!!」

失礼な。

「あ、そーなの？　金額の問題じゃなくて、哲学っつーか、好き嫌いで払ってなさそうだと思って」

好き嫌い。まあ現場で遭遇すると民放と比べてクルーの数が段違い、この潤沢《じゅんたく》な予算の原資《げんし》は皆さまの受信料であるという事実はなかなか味わいぶかいものだ。でも計はＮＨＫのアナウンサーになりたいとは別に思わない。だって記者リポなのに事前にカンペ作ってんだもの。巻物みたいな。「勝訴!!」とか書きたくなる感じの。現場で「今」感じていることを、放送に許される範囲内で自由に話すのがリポートだろう。いろいろと窮屈そうだ
……などと都度《つど》思うところはあれど好き嫌いを云々《うんぬん》するほど興味もない。しかし。

「……ＮＨＫには、時々恩がある」

「えっ」

潮は急に立ち上がり、洗面所に行ったかと思うと綿棒《めんぼう》を一本手にしていた。そして、両耳にくるくる突っ込んでから真顔で言う。

「ごめん、もっぺん言ってくれ」

「どんだけ驚いてんだよ！」

「だって恩って……お前の口からそんな殊勝《しゅしょう》な言葉……何肉食わせたら言ってくれんの？」

「食いもんの恩じゃねーよ！」

「……アメリカ、グーグル社の傘下《さんか》にある企業が開発した、人工知能搭載《とうさい》の囲碁《いご》プログラム『アルファ碁』が快挙です……あの、すみません」

「ん？　何か間違ってた？」

「いえ、あの『アルファ碁』ってどういう発音なんだろうと」

「あー……」

「あるふぁご」

「あるふぁご」

「あるふぁご」

「……へたすると『アルファＧＯ！』って感じになるな」

「一応、初めて出る固有名詞は平坦に読むのが基本なんですが」

「えー、じゃあ、あるふぁご……うーん分からん、そもそも英語だろ？　正解なんてないんじゃねーの」

そこへ、通りかかった設楽が言った。

「九時のＮＨＫニュース見て確認すればー？」

はい、解決。

「……ここで速報が入ってきました。けさ、群馬県内のコンビニエンスストアでアルバイト店員に発砲し、現金六万円あまりを奪って逃げていた男の身柄を、警察が先ほど都内で確保したということです」

「男は暴力団関係者ではないということですが、拳銃の入手ルートの解明が待たれますね……では、またあしたお会いしましょう」

番組終わりに突っ込まれた速報も何とかきれいに収まり、つつがなく「お疲れさま」を迎えた……はずだが、何となくスタジオの空気がそわそわしている。

「何かあったんですか?」

手近なディレクターに尋ねると、実に微妙な半笑いで「さっきの速報」と返ってきた。

「まだ、うちしか打ってない状態」

「えっ」

「どっこも後追いしてこねーの」

「でもさっき入れたばかりですし」

「いやー、ほんとにいちばん乗りだったらめでたい話ですむけど、うちの警視庁担当そんなに優秀だったかな~……一応、もっぺんウラ取れって言ってる」

へたすりゃ誤報か。よかった、番組終わった後で。いや、あしたの放送でお詫び入るか?ち、うぜーな。無駄に頭下げさせんじゃねーよ。

様子見に報道フロアを覗いてみると、皆がテレビモニターの列を見上げて真剣に祈っているところだった。

「お願い、どこでもいいから後追いして‼」

大丈夫かこの会社。

「あっ！　ＮＨＫが速報打った！」

「都内で容疑者逮捕……よかった、合ってる……」

「ＮＨＫが言うんだから間違いない……」

「よし、きょういっぱいはＮＨＫさんって呼ぼう」

「ＮＨＫさんありがとうございます」

「ＮＨＫさんここだけの話いつも交通情報カンニングしてます」

「ＮＨＫさん、クルーの仕出し弁当が豪華とか妬《ねた》むのもうやめます」

きょういっぱい、って、あと一時間ぐらいだけどな。


「……っていうような、恩」

「……あー、うん、とりあえずお疲れ」

❷番組の途中でお見苦しい点がありましたことをお詫び申し上げます。

「……参議院選挙、夏の陣のもようをお送りしております、続いては激戦となった東京3区、敗《やぶ》れた滝田《たきた》候補の事務所に皆川アナウンサーがいます。皆川さん、そちらのようすを教えてください」

『はい、こちら真進党《しんしんとう》の滝田候補の選挙事務所です。ご覧の通り、何人かの支援者を残してすでに皆さん事務所を後にしたということで……そうですね、招待状を出したけどあまり人が集まらなかった誕生会のような、そんなムードが漂っています』

(※お通夜《つや》って言ったら不謹慎かなって思いました・皆川竜起談)

「……滝田候補はいらっしゃるんでしょうか」

『はい、滝田候補、どうぞこちらへ。まずはお疲れさまでした』

『はい……』

『今回、接戦の末敗れてしまいましたが、率直に今のお気持ちをお聞かせください』

『はい、えー……そうですね、私の訴えが有権者の皆さまに届かなかったと、これは力不足以外の何ものでもないと……うっ……す、すいません』

『あ、大丈夫ですよ、続けてください』

『うっ……く……何でしょうね、何が足りなかったんでしょうね……?』

『んー、そうですねー、そういうことを軽率《けいそつ》に人に訊いてしまうあたりでしょうか？』

『!!　……うっ、うあ……』

『あ、すいません、滝田候補、ちょっと感情が高ぶってしまったようです。えーと、じゃあ、ハンカチないんで袖《そで》で失礼しますね』

『うっ……あ、ありがとうございます……』

（強制切断）

「……はい、では続いては関東の注目選挙区の結果をお伝えします」

「おい、皆川がおっさんの涙拭《ふ》いてるとこめっちゃ注目されてたぞ。袖クイ男子爆誕とかって」

「そうなんすよ。部長にマジギレされかけましたけどあそこだけ数字ハネてて怒りきれずみたいな。助かったっす」

「だから何でお前はしれーっとおいしいとこ持ってくんだよ!!」

「先輩の背中見て成長してるってことで～」

（初出：ディアプラス文庫「おうちのありか」重版御礼ブログ掲載／２０１６年７月）

放送上の演出ではありません

「たいへんかわいらしいパンダの赤ちゃんの映像をお届けしました。和歌山県、白浜《しらはま》にある『アドベンチャーワールド』では、オスのパンダの永明《エイメイ》が『スーパーパパ』として有名ですね。こちらのフリップをご覧ください。梅梅《メイメイ》との間に六頭、そして良浜《ラウヒン》との間に八頭の子どもをもうけています」

「あれっ、でもこの家系図人間で言ったら……」

「人間では言わないようにしてください。次は特集です」


「お前、わざとやってんだろ？」

「え？　やだな違いますよー」


「先ほどの、ツキノワグマを素手で撃退したおじいちゃんですが、若い頃は空手で日本一になった経験もあるということで、三十年以上のブランクがあったにもかかわらず、とっさに昔の突きが出た、と話しているそうです」

「反射的に身体が疼《うず》いちゃう時ってありますよねー」

「身体が動いちゃう、ですね。ＣＭの後はお天気です」

「おいだからわざとやってんだろ？　ついでに『うろたえてはいけない国江田アナ』のまとめ動画更新してんのもお前だろ？」

「そんなに暇じゃないですよ～、てか映像の編集なんかできねーし……むしろ都築さんのほうが容疑濃厚じゃないすか」

「おい俺がそんなことするわけねーだろ」

「あれ、怒ってる？」

「こんな、ただつないだだけのもん公開するかよ。もっとSEとかジャンクションとか凝《こ》るわ」

「そこじゃねーよ！」

「……ていうかやるか？　やっちゃうか？　閲覧数二桁は上乗せできるけど」

「あっじゃあ俺も頑張りますね」

「やっぱわざとじゃねーか‼」


（初出：ディアプラス文庫「イエスかノーか半分か」重版御礼ブログ掲載／２０１６年12月）

くにえだくんとあそぼう

皿の上にはいちごのショートケーキがひとつだけ載っている。悲しい光景——ではなく、ケーキも売っているベーカリーに寄ったら、閉店間際だったせいかショーケースにそれがぽつんと残っていて、つい買って帰ってしまった。フォークも一本添えて、仕事から帰ってきた計とやることといえば、「第一回チキチキケーキを倒したほうが負け選手権」に決まっている。じゃんけんで勝った計が先攻を選び、まず鋭角《えいかく》の部分をごっそりさらった。

「お、いったね〜。つか普通、もうちょっと配慮のある取り方しねーか？」

「ルールに則《のっと》ってやってんだから文句言ってんじゃねーよ」

と、計はケーキをもぐもぐ食べながら言った。

「はいはい」

潮はゆるい扇《おうぎ》のカーブにフォークを突き刺す。計、潮、計、潮……とうとう、いちごを戴《いただ》いたケーキはろうそくみたいに細ってぎりぎりのバランスを保っている状態になった。で、潮の番。

「あ、そういや罰ゲーム決めてなかったな。まあ国江田さんの場合罰のつもりが最終的に接待になっちゃうんだけど……」

「何の話だ、つーかはよしろ！　お前が負けたら一万円払え！」

「ふっかけ方が小市民だよな」

潮はフォークでひょいっといちごをさらって食べた。

「あっ」

ケーキが倒れなければいい、この場合の「ケーキ」というのは一般的に考えてスポンジ部分であるはずで、いちごのみ取るのは反則などという決まりはない。おりこうバカの計が律儀《りちぎ》に残しておいただけの話、そうだから潮は何も悪いことはしていない。

していないのだが「あっ」と言った計の顔がものすごく、何だろう、衝撃的な人でなしを見るような目をしていたのでつい「ごめん」と謝ってしまった。罰ゲームはうやむや、いったい何だったのかというと、ケーキひとつで楽しく遊べて自分たちは安上がりでよろしいって話だ。


（初出：いちごの日こばなし　ブログ掲載／２０１７年１月）

太陽がいっぱい

「アナウンサー好感度ランキング今年も載ってたな、国江田さん」

「へー」

「あ、もう知ってた?」

「知らんかったけど、まぐろが『全身おいしいね』って褒《ほ》められて喜ぶか? おいしくて当たり前、褒められて当たり前」

「よし」

「喩《たと》えの意味は一切分からんけど分かった。国江田さんはすごいアナウンサーです」

「空前絶後の、超絶怒濤《どとう》のアナウンサー」

「ん?」

「アナウンサーを愛し、アナウンサーに愛された男」

「おい」

「徳光和夫《とくみつかずお》、草野仁《くさのひとし》、久米宏《くめひろし》、すべてのアナウンサーの生みの親」

「おい」

「あまりのアナウンス技術の高さに、CNN、BBC、アルジャジーラから命を狙われた男」

「おい」

「意外とサインはシャレオツじゃないアナウンサー1グランプリ、意外とサインはシャレオツじゃないアナウンサー1グランプリ、セミファイナリスト」

「何だと？」

「貯金残高、親がそのまま貯めてくれてる仕送り含めて2170万円」

「微妙にリアルな金額言うな！」

「キャッシュカードの暗証番号は2102、にじゅうじんかく、と覚えて下さい……できそうだな」

「何を⁉」

「試しにやってみて」

「やるか‼」

「やってください、お願いします」

「敬語で言われてもやるか‼」

「やってくれたら俺のこと抱いてもいいぞー」

「……いややらねーから‼」

「一瞬検討されたことに俺もびっくりしたよ」

（初出：SUGOI　JAPANラノベ部門第3位入賞御礼ブログ掲載／2017年3月）

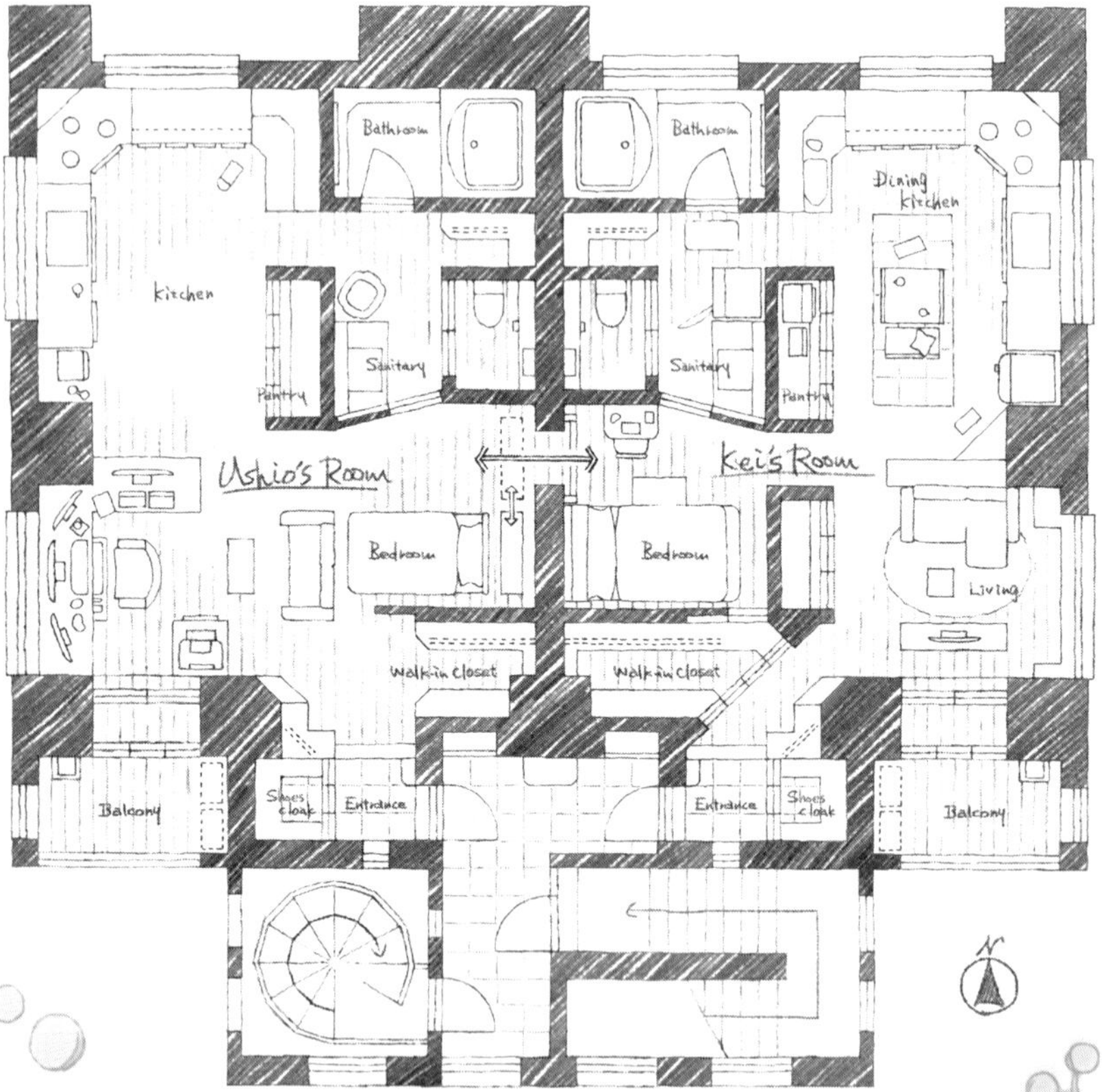

design by Lala Takemiya

新居の間取り公開

「おうちのありか」のラストで
計と潮が引っ越した新居の間取り図

はつなつの星座

Hatsunatsu no Seiza

by Michi Ichiho

お引っ越し話。

潮が作ったカレーはうちの近所のスープカレー屋さんのメニューがモデルです。

すごくおいしいのですがすごくまれにしか営業しないのでいつ食べられるのか分からない……。

前日が雨がちですこし心配していたのだが、幸い朝からすきっと晴れていた。雲がほとんどないからこれは「快晴」と言って差し支えないだろう。

計《けい》によると、気象の概念としては雲の割合が二〜八割なら、それは「晴れ」の範ちゅうらしい。晴天の幅が広い、というのはポジティブな感じがしていいなと思った。もちろん潮《うしお》は曇《くも》りも雨もそれはそれなりに好きだけれど、何しろきょうはお引っ越しだから雨降りは勘弁だし、晴れ渡っているほうが「門出《かどで》」って雰囲気で爽快《そうかい》だ。

九時に業者のトラックがやってきた。荷造りはすっかり終えているのでプロの手にかかればひとり暮らしの荷物なんてあっという間に搬出完了、こまごましたものだけレンタカーに積んで新居に向かう。エレベーターなし五階、という悪条件だから搬入のほうはすこし骨が折れたけれどそれでも昼までにはすっかり運び込んでもらい、昼食代にとすこし多めの心づけを渡して解散となった。

ひと足早く入居していたのは新しく購入したベッドとソファ、そこに生活家電や段ボールがどどっと追加されると、お行儀のいい宣材《せんざい》写真みたいだった部屋にたちまち暮らしの雑感が満ちて潮は嬉しい。けれど嬉しがってばかりもいられないので気合いを入れ直し、段ボールから次々にガムテープを引っぺがし、外側にマジックで書いた「衣類・夏」「靴」「食器」等の指定に従って順次開封、収納していった。「マンガ」……後でいいな。エアコンをつけずに掃き出し窓全開で作業していたけれど、さすがに汗だくになる。首に巻いたタオルであちこち拭《ぬぐ》いながら開けてはしまい、と繰り返して溜まった段ボールを解体し紐《ひも》でくくる。

自分に関しては、すくない荷物を運び入れたほかはほとんど買い直さなければならなかった。心機一転も悪くないが新生活の実感が今いちうすかったため、こうして「儀式」としての引っ越しを体感すると落ち着く。潮の仕事は頭の中のイメージを何とか捕まえて吐き出して他人にも分かる表現に落とし込むことで、だからこそ生身で味わう喜怒哀楽を大事にしたい。

そうして大体が収まるべきところに収まり、不便なく日常を始められる程度に整うと、一度大きく伸びをし、壁面に下がった目隠し代わりの真っ白いロールスクリーンを巻き上げた。その向こうは壁に空いた穴で本来の潮の部屋とつながっているのだが、本棚でブロックされていて木目しか見えない。仕方がないのでサンダルをつっかけて玄関から回った。鍵を開けて中に入っても、ベッドに盛り上がった人型は身じろぎもしない。

「おーい、一応終わったぞ」

「……んー」

近くで声をかけると布団の虫はもぞっと返事をした。

「あと、シャワー浴びたらもっかい行って鍵の返却してくるから、お前もそろそろ起きろよ。夕方には皆川《みながわ》来るんだし」

めんどい、とタオルケットから不満が洩れる。

「呼ばなくていいっつってんのに……」

「いろいろ世話になったんだろ、恩返ししねーと先輩」

「世話の元凶はてめーだ！」

「だからこうして贖罪《しょくざい》の日々だろ」

お前の都合で引っ越してやるんだから全部お前がやれよ、と計は命じた。よって荷造りも業者選びも見積もりも光熱関係の連絡も郵便局への転居届も潮が手配した。委任状を預かっているので、この後の退去手続きも住民票の異動もやらせていただく予定だ。時間に自由の利《き》く身だし、全然構わないのだけれど、丸投げで安らかに眠っていられる計の、小心なくせに太い性根《しょうね》に感心してしまう。家具の配置も「適当にやっといて」だったし、荷造りにしたって見られたくないものや触られたくないものはないのか。おつき合いしているのですべてオープン、というより、思春期以前の小学生男子の「母ちゃんやっといて」に通じるものがある気がするが、王子さまのお世話も潮だけの特権だと思っておく。

こんなにも自分を信じきっている相手の手を、束の間でも離してしまったことは今でも反省している。でも、潮が駄目な時には計が助けてくれて、計が駄目な時には、もちろん潮がそうする。これからもきっと、そんな繰り返しだろう。

簡単な掃除道具を車に積んで旧居にリターンすると、お別れのあいさつのつもりでがらんどうの部屋をあちこち拭《ふ》いて磨《みが》いた。これも、自分の家ではできなかったから。何もない、壁と床と窓ばかりの空間でひとり立っていると、今朝までここにあった計との日々がふしぎと鮮《あざ》やかによみがえってくる。さほどひんぱんに訪れていたわけじゃないのに、時間が見せてくれる残像は実にさまざまだった。もっとも本来の借り主は、退去《たいきょ》もこっち任せにするくらいだし、特にその手の感傷《かんしょう》もなさそう、というかむしろ取り壊されてしまった潮の家に愛着が強かったのだろう、言葉にはしないが、帰る場所を失くして寂しがっているのが時々手に取るように分かった。

口が悪いしひねくれているけれど、計の愛情は基本的にとてもまっすぐだ。好きなものは好きで何もかも明け渡して平気、その他はその他でほとんど一律の他人。たったひと枠《わく》に収まっている潮は、そのことをありがたく思い、計を大切にしようと思っている。計が潮にくれる愛に負けないくらい。

「あー、きれいに使われてますねー、皆さんこうだと僕たちも嬉しいんですけど」

「どーも」

抜かりのない国江田《くにえだ》さんが、賃貸《ちんたい》の部屋を不用意に汚すわけがない。壁にヤニのしみやら釘《くぎ》の跡もないし、フローリングもぴっかぴか、よって円満に退去時チェックリストにサインして鍵を渡した。

外から建物を見上げると、またすこししんみりした。もうこの中には入れないし、この道を通ってここに来る機会はないんだなと思えば、背中を向けた先に新しい生活が待っていると分かっていてもせつない。遠くに移り住むんじゃなし、懐かしさに任せてふらりとぶらついたっていいのだけれど——でも、やっぱりしないんだろうな。タクシーで近くを通り過ぎたらちょっと窓に額を寄せてしまう、そういう存在になる。

レンタカーを返却して新しい家に戻ると、竜起《たつき》から『もうすぐ駅です』とＬＩＮＥがきていた。

「お。皆川迎えに行って、ついでに晩めしの買い出ししてくる。何食いたい？」

「カレー」

「よっしゃ」

竜起と合流した足でスーパーに向かう。

「ひょっとして何か持ってきてくれた？」

「ワイン何本かと、引っ越しにちなんでそばです」

「どういう組み合わせだよ」

「ワインはうちに開けてないやつあったんで。でもそれじゃあんまりかなって思ってそばを購入しました」

そばがあるんなら、スープカレーにしようと思い立った。スパイスと酸味《さんみ》の効いたやつ。夏野菜の素揚《すあ》げをたっぷり用意して、どんどんくぐらせて食べたらきっとおいしい。〆は、めんつゆで味を調えて卵でとじたカレーそば。あ、でも肉がないとあいつ文句言うだろうな……しゃぶしゃぶ用の牛肉、さっとゆがいて出すか。

あれこれ食材やつまみを買って、店を出る頃には夕焼けの真っ最中だった。

「おー、川がきらっきら」

「そうだな」

お世辞にもきれいとはいえない運河が、西陽《にしび》を受けて、はちみつを流し込んだような色で一面に輝いている。まぶしくて目を細める。徒歩圏内にスーパーは二軒あって、でも建ったのは両方ともここ数年の話らしい。決して子育てに向いた地区ではなかっただろうこの街で、母はどんなふうに暮らしていたのかと思う。

エレベーターなくて大変じゃなかった？　買い物とか不便じゃなかった？　この道を、ベビーカー押して歩いたりしてた？　答えはどこからもないけれど、幼い自分の目に映ったかもしれない景色を見ながら考えるのは、苦しくない。

「え、きょう一日国江田さんの引っ越ししてたんすか？　うわー自分のでもだるいのに！　つーかやらせる国江田さんがすげー、どんだけ委《ゆだ》ねきってんのー！」

「俺もそう思う」

「まー、先輩都築《つづき》さんしか甘える相手いませんしねー」

「お前にはいろいろ頼みごともしてたみたいだけど」

「いやいやただ使われただけっすよ、『駒』ってはっきり言われましたしね」

「いつもの悪態《あくたい》じゃん。俺にだって言うけど本音じゃないだろ」

「ていうか俺、未《いま》だに、都築さんがさらっと音信不通になってた理由を知らないんですけど」

「あ、ごめん、まじごめん」

竜起の口調は本気じゃなかったので、潮も軽く返した。

「え〜微妙に塩対応……よく分かんないけど、うっすら、何かやばそげだなっていうのは感じてて。国江田さん超動揺してたし」

「うん」

潮がいなかった間のこと、を計は言わない。面倒かけやがってとか勝手しやがってという文脈では大いに責めてくるのだが、つらかったり悩んだり寂しかったりした自分を語らない。きっと、言わなくても分かってんだろ、と思っている。

「でもほんと一瞬でしたね。あ、何かこの人弱ってる？　って思ったのは。そっからはもう全然いつもの……でもないか、第三の人格が生まれた感あったかな、ちょっとだけ。ラーメン屋行くとか言い出したりね」

「なるほど」

それは潮もすこし思っていた。実家で鮮《あざ》やかに啖呵《たんか》を切ってみせた計は、容姿端麗品行方正な国江田さんでもなく、口と態度の悪いがさつな計でもなく、それでいて両方でもあった。

だから、胃がこよりみたいに細長くねじれそうな緊張の中でさえ、これはもう仕方がない、俺は何度でもこいつのことを好きになるんだろうな、と納得してしまった。こんな王子さまと恋に落ちねえやつがいてたまるか。

「ま、何でもいーんすけど」

竜起が雑にまとめる。

「カケオチとかしちゃったらどーしよって実は心配してたんで、元に戻ったんならそれで」

鋭いな。いっそそうしようかとは何度も考えた。でも、計が応じてくれるに決まっているからこそ、できなかった。

夕陽の光線はいつしか目を刺さなくなり、絵のように丸く真っ赤に熟《う》れ沈んでいく。

父親が昔描いた絵を、ネットでいくつか見た。祖母に雅号《がごう》を教えてもらい、検索するとすくないながらヒットした。ひそやかすぎて息が詰まりそうな静物《せいぶつ》、特別な眺めじゃないのに、この景色の中に人が現れることはないだろうと思わせるような、どこか人間を拒絶しきった雰囲気のある海や草原。率直に言うならみじんも好みじゃなかったのでほっとした。

でも、ずっと以前に画廊で購入し、作者の消息は分からないし値上がりもしないだろうけれど大事に飾っている、と書かれたブログを読んだ時にはすこしだけ嬉しかった。今、自分自身が大枠《おおわく》で言うと同じフィールドを仕事に選んだことを遺伝だとは特に思わないが、遺伝だと言われても腹は立たない。

「あー、風出てきましたね、きもちーな」

「うん」

甘い夕暮れに光る川面《かわも》が細かくさざめくと、光の粒がふるいにかけられたみたいに揺れる。昼間はもう夏の暑さだが、太陽が隠れ始めるとささやかな涼《りょう》が顔を出す。じっとり粘《ねば》るような凪《なぎ》の夕方だって、ここで体験するのが楽しみだった。潮は春夏秋冬に特別な好き嫌いはないが、それでも、もうすぐ夏がくる、と思うことは、春や冬や秋よりわくわくする。

潮の部屋に戻ると、計がソファで「腹減った」と伸びていた。キッチンにはカップラーメンの残がい。

「めし」

「はいはい今から作るよ」

「うわー、一日都築さんこき使ってその言動、終わってますね」

「うるせー、つかてめーまじで来たのかよ図々《ずうずう》しいな」

「ちゃんとお呼ばれしましたもん」

「ワイプで参加しろっつっただろ」

「参加じゃねーっしょそれ……あ、ここが噂の隠し通路？　うおすげー、棚《たな》動かせんだ。忍者屋敷みてー！　都築さん俺んちにも作ってください」

「いーよ。材料費と焼肉二回で手打ってやる」

「むしろ俺もここに住む」

「何でだ死ね」

そして新居初日のディナーを準備している間、計は竜起と他局のニュースを見てあれこれ品評していた。

「……違うだろ、あと三秒そのカット見せねーと看板の字が読めねえ……構成だせーし原稿へただしいらつくな、つかこの女子アナ確か三年目だろ？　いつになったらもっちゃりした滑舌矯正《かつぜつきょうせい》すんだよ、レベル低すぎ」

「あーこの子ねー、アナ部で不倫してるらしいっすよ。スポーツ読んでる北条《ほうじょう》さんていうるでしょ、社内でチューしてたって」

「お前はほんとくっだらねーゴシップをいろいろ拾ってくんのな」

「勝手に耳に入ってくんですよー俺の人脈で！」

「どーせ愚民《ぐみん》の合コンつながりだろーが」

「いろいろですよ、俺の知り合い数珠《じゅず》つなぎしてったら十人以内でミランダ・カーにたどり着きますよ」

「それ、よく言うよな」

野菜を次々に切りながら潮は言った。

「この世の大抵の人間には、六人ぐらい仲介《ちゅうかい》したら行き着くって」

「えーまさか！」

「じゃあ十人って全然大したことねーじゃん」

計に鼻で笑われ、竜起は「いや五人でいけるかもしんないですし」と妙な意地を張った。

「つか六人とか絶対無理でしょー」

「俺も詳しく知らんけど。でも、世界は狭いなって思う時はあるだろ」

「あーそれはそうかも。意外な知り合いが知り合い同士だったりして」

言われてみれば、計と潮にだって、出会う前から設楽《したら》という接点が存在した。案外短い糸で結ばれた狭い世界で、それでも、誰か越しにつながっていることと、実際に出会うこととの間には大きな隔《へだ》たりがある。そしてひとつの出会いがまた新しい糸を生む。たとえば計と父、計と祖母、糸の伸びる先は選べないけど、最終的には繭《まゆ》みたいにふたりだけで包まれていたい。

「あー、カレーのいい匂いしてきた！　何か手伝います？」

「だいぶ仕上がってきたこの時点でそれ言う？」

潮は苦笑し「涼しいし外で食うか」と提案した。

「ベランダ？　んな広さあります？」

「いや」

壁にかけた鍵束から、実は未使用だった一本を選び出す。

「上」

屋上に通じる鍵を開け、折りたたみのテーブルや椅子、食器に料理とせかせか運んだ。きょうはこんなことばかりしている気がする。計は「めんどい」と不満たらたらだったが、夜風に当たるとすこし機嫌が直ったようだ。

「んじゃ、引っ越しおめでとうございまーす、かんぱーい！」

「何でお前が仕切る？」

「まーまーまー、いただきまーす。あ、うまー……国江田さん、なすいっぱい食べるといいですよ」

「てめーが嫌いなだけだろーが」

「嫌いじゃないですよ別に。魅力がいまいち理解できないってだけで」

「嫌いなんだよ！」

まだ浅い夜、都会で、高所でもないけど、それでも目を凝《こ》らすと星がちらほら見えてくる。ただの濃青でしかなかった空間にきっちり視点を据《す》えてやると、じきに針穴みたいな光がぽつぽつ分かる。あそこに糸を通してつないでやれば星座になる。でもそんなのは誰かの決めごとでしかなく、あの星とこの星とあの星と……自由に結べば違う絵ができる。そこにまた名前や物語をくっつけたり。

ずっとずっと遠く、天球の端と端にあるようなものたちが結ばれていたっていい。そういうことをぼんやり考えていると、潮は、ものをつくりたい、と思う。まだかたちにならなくても、自分の中の地下水がちょっとずつ溜まっていく。胸にしみると、急《せ》かされて息苦しいような、何かがやってくるのが待ち遠しいような、ふしぎな気持ちになる。

ものをつくってなきゃお前じゃない、という計の言葉を、やっと自分自身で信じられるような気がしている。

たっぷりの食事とアルコールで上向きになった竜起のテンションは、屋上を片づけ、元どおり撤《てっ》収《しゅう》・施錠《せじょう》しても保たれていた。夕方まで計の陣地だったソファにごろごろ懐《なつ》いておねだりする。

「あ～いい気分……このまま泊めてくださーい……」

「てめえ、」

ふざけんなと計が罵倒《ばとう》するより先に潮が「駄目」と答えた。

「そのうち泊まってもらうこともあんだろーけど、きょうは帰ってくれ」

「あ～……」

竜起がむくりと起き上がり、ふたりを交互に指差した。

「営《いとな》む気だ～初夜だからって営む気だ～！」

「おう営むよ」

軽々と笑って認めた。

「カップルが営んで、何が悪い」

「そっか～……」

何が腑《ふ》に落ちたのか急におとなしく頷くと、なぜかぴしっと敬礼のポーズを取った。

「正論であります！」

「よしよし、タクシー呼ぶか？」

「通りで拾うであります！」

とはいえ出入り口の施錠もあるので一緒に下まで降り、竜起をタクシーに放り込んで見送った。

戻ると、赤い顔の計が突っ立っている。頬も耳も染め、悪態《あくたい》の途中で口を半端《はんぱ》に開けたまま。

「ワイン半分残っちゃったな。お前んとこの冷蔵庫入れといて」

普通に話しかけると、割と本気で肩パンされた。

「いて。なに？」

「何ってお前……び、びっくりすんだろーが！」

もにゃもにゃ動く口元を手で隠して抗議する。

「何が」

「いきなりあんなこと言うから」

「向こうも知ってんだし、当たり前のこと言って何で驚かれなきゃなんねーかな」

「そうだけど……」

怒っているんだろうか、この反応は。それともまんざらでもないのか。たぶん両方だな、と潮は判断した。

「泊めてやんのかと思ってた」

肩口に額を落として計がつぶやく。

「お前、何だかんだあいつに甘いし、三人でいる時そーゆー空気出さねーし……」

「やーまあ、一定気は遣いますよね」

何で俺が遣ってんの、むしろお前らもうちょっと気まずそうにしてくんねえかな、と思う時もないではないが。

「でもいつもいつもじゃねえよ。俺には俺の優先順位だってあるんだからさ——……泊めたほうがよかった？」

さりさり、計の前髪が左右にこすれてノーと答える。

「営む？」

「バカ」

今度は縦《たて》にさり、と潮の肩及び心臓をくすぐってくれた。


満ち足りるまで営んだ後、一緒に風呂に入った。悪い大人なので、残った白ワインも持ち込んでぬるま湯の中でちびちび飲む。氷をぎっしり詰めたタンブラーの中で炭酸水と割り、口の中がぴちぴち冷えるのを楽しんだ。まだ炭酸の跳ねる舌を、脚の間に収まっている計のうなじにくっつけると

「ひゃっ」とへんな声を出した。

「やめろバカ！」

「はは」

バスタブの端っこに引っかかっている二対《つい》の足。腕の中の身体。水滴をぶら下げた耳たぶ。何もかもがよく知っているもので、何もかもが初めて見るものだった。

きょうから、この場所から、始まる。新しい家、帰る場所。

風呂上がり、ふたりベランダに並んで湯冷ましした。潮は手すりにもたれて夜空を仰《あお》ぐ。そこにいくつか星を見つけることも、宙をなぞる指先で自由に結んでみせることもできた。

▼同人誌「空想アルバム」イラスト

bress you

ブレス・ユー

by Michi Ichiho

読者さんがつくってくださった同人誌に
半ば無理やり押しかけたというか。
そして押しかけた割に「高校生パロディ」という
お題を消化しきれず逃げ腰になりました。
次は都築先生と教え子国江田くんでお願いします。

ものの数センチ、世界が（ほんの一部分）白くてつめたい薄皮に覆《おお》われる。ただそれだけで、どうしてこうも変わってしまうのかと思う。目に見える景色だけじゃなく、靴から水がしみて冷えること、滑って歩きにくいこと、交通の利便性が著《いちじる》しく下がること。もっと北国で生まれ育っていても、この感覚は変わらなかっただろうと思う。日常なんて呆気ない、ちょっとした天候や偶然や行き違いでたやすく変容してしまう、だったら、自分が「日常」とし消費している日々はそもそも何なのか……そういう、ふかく考え出すと息苦しくなるような不安のとげ。

自分の努力や機転、頭と身体で処しきれない物事はこの世に数えきれないほどあり、だからこそ突きつけられたくはない。こんなに白く、きれいな姿で。

「降るねえ」

隣から、のんびりとつぶやく声がする。

「そっすね」

潮《うしお》は前をじっと見たまま相づちを打つ。無愛想なわけではなく、単純に交通安全のためと、基本的に会話を楽しむべき相手ではないからだ。業務連絡以外でこちらから話しかけるのも、不用意に打ち解けるのもＮＧ。

「ごめんね、遅くなっちゃって」

「いえ」

仕事上がりのキャストを順次家まで送り届けるバイトは、大抵夜明け前には解放されるのだが、きょうはミーティングという名の閉店後飲み会がだらだら長引いた結果、かたぎの皆さまの出勤時間にまで食い込んでしまった。

「ちょっと延長料金つけてあげてって、マネージャーに言っとく」

「や、気にしないでください。今でじゅうぶんよくしてもらってるんで」

そっけなくない表情と声でやんわり他人をかわすのが、割とじょうずだった。気取《けど》られない、という意味ではなく、気づいても向こうが何となく諦めてくれる。

「あー、潮くんは他人行儀だー」

こんなふうに。

信号に差しかかり、慎重に車を停車させる。まだ若葉マークのドライバーに雪道はなかなか緊張するものだった。もどかしい、早く帰りたい。潮は彼女のことをちっとも疎《うと》ましく思っていないが、それでも、一刻も早く自分の部屋でひとりで眠りたかった。

ゆっくりと左右に振れるワイパーの向こうで信号待ちの人混みは一様に無関心な横顔をさらしている。

「シーズンだね」

「え？」

「ほら、問題集っぽいの読んでる子がいる」

「ああ、どっかで入試あるんすね。こんな日に縁起悪い」

「若いのに、そんなの気にすんだ」

と笑う彼女も、まだはたちそこそこのはずだった。でも、水商売の女の老成具合はちっともこっけいじゃなく、それが哀しい、と潮は思うけれど、相手にとっては余計なお世話だろう。

「そのお守りとかもだけど」

細く尖《とが》り、ネイルで武装された爪が車のキーからぶら下がる「交通安全」のお守りを指した。

「免許取った時、ばあちゃんがくれたんです」

あなたのおじいちゃんたちは事故で亡くなったから、と。

「そういうのって、頭より低い位置にあるのよくないんだよ。知ってた？」

「いえ」

若いのによく知ってますね、と言いそうになったが、軽口は控える。

「神さまが機嫌悪くするから。皆、ウインドウに吸盤《きゅうばん》くっつけてぶら下げるじゃん……って受け売りだけどね。こないだドライブにつき合ったお客さんが言ってた。ＢＭＷ《ビーエム》に、でかいお守りぶらぶらさせてんの、ウケる」

「窓から下げると視界ふさがって、保安基準違反になるらしいんで」

「そうなんだ――あ、青」

「はい」

とはいえ道は混んでいるし、どの車もこわごわ進むのでまたすぐ信号待ちになった。目の前の横断歩道は白い塗装とアスファルト、足跡に踏み荒らされた雪、白と黒とグレーが入り乱れている。その混沌は好きな感じだと思った。

「ここにも受験生がいっぱいだねえ」

「そっすね」

脇で同じ方向に信号待ちをしている学生の群れの中に、はっと人の視線を集めるような、整った横顔があった。まっすぐに高い鼻筋と、対岸に据《す》えられた眼差しの潔《いさぎよ》さ。中性的、というわけではないのに、むさ苦しい男くささが皆無だ。今さら、参考書や単語帳に頼るまでもなさそうだった。どこを受けるにせよ絶対合格、と潮は勝手に太鼓判を押す。

「ねえ」

ハンドルを握る手元を覗き込まれる。

「はい?」

「こーゆー子たち見てると、どんな感じ? 同い年くらいでしょ?」

「どうって……特に何も」

「別世界だなーって、思う? 俺も大学行きたいとか」

「ないすね」

やせ我慢でなく本音だった。けれど彼女は「行かせてあげる」と潮の顎《あご》に手を伸ばす。指先がつめたい。

「潮くんが、もし大学行きてーとか思ってるんなら、あたしが働いて行かせてあげる。バイトもさせないし、何でも好きなことさせてあげるよ」

誰かの労力で何かを「させてもらう」のは、潮にとって耐え難い苦痛だった。引き換えるものの大きさを知っているから。

「……だから、もっとこっち見てよ」

顔の向きを変えられる。香水とアルコールと、いろんなものが混じった、「夜のにおい」としか言いようのない空気が鼻先へと近づいてくる。

茶色く染められた髪越しに、その向こうのフロントウインドウ越しに、さっきの、きれいな横顔の持ち主と目が合った。いつの間にかこっちを見ている。そして、ふたつの瞳にははっきりとした侮蔑《ぶべつ》の色が浮かんでいた。こんなとこで何やってんだ、と、表情は動いていないのに、その心情が潮にはなぜかはっきり分かった。ワイパーが視界を横切るのがもったいない、と思った。

ああ、チューしてると思われてんだな。違うのに。そっと唇を遮《さえぎ》った手は、相手から見えないのだろう。ものの数秒の交差で、向こうはすぐ顔を逸《そ》らし、ほぼ同時に信号が青に変わる。

「……ちぇー」

きっと予想していたのだろう、冗談めかして唇を尖らせるとおとなしく助手席に引っ込んだ。潮は黙ってアクセルを踏む。横顔を、もう一度見る暇もなく遠ざかっていく。祖母のくれたお守りがゆらゆらしていた。

雪は昼前には止《や》んでいたから、帰りの新幹線は大した混乱もなく（混雑はしていたが）、無事家に帰り着いた。

「どうだった？」

「落ちてはないだろ」

「てことは受かってんのね、そんな自信満々で落ちてたら笑うけどいい？」

「笑う必要はねーだろ！」

まあ、受かってますけど。

「お父さんにちゃんとお礼言いなさいよ、わざわざ天満宮《てんまんぐう》まで行ってお守り授《さず》かってきてくれたんだから」

「受かるのはご利益《りやく》じゃなくて俺の実力だから」

「お守りっていうのはそういう意味じゃないの」

珍しく、真剣な顔で母は言った。

「合格してほしいとか無事に赤ちゃんを産んでほしいとか、目に見えない気持ちをかたちにして傍《そば》に置いてくれるものだから。そこにきちんと感謝をしなさい。会ったこともない神さまじゃなくてね」

はい分かりました、と素直に言うのもこっぱずかしいから、計《けい》は「あー」とも「へー」ともつかない適当な返答をした。

「まあお母さんが神さまなら落とすけどね」

「何でだよ！」

「一回ぐらい挫折もいいでしょ」

「勝手なこと言ってんじゃねー！」

「ただいまー。お、計、お疲れさま」


その晩、ベッドで目を閉じると、なぜか朝見た光景がよみがえってきた。ふっと、何の気なしに横を見たら朝っぱらから車チューの真っ最中だった。後ろ頭だけでもケバい女と——男の顔はよく見えなかったが、まあ推《お》して知るべしだろう。うわーやなもん見た、と思った。でも、それだけの話だ。寝て起きたら忘れている。父からもらったお守りはまだコートのポケットに入ったままだった。


「てて……」

不測の事態で痛めた左手首に、ひとまず常備している湿布《しっぷ》を貼らせてみたものの、痛みは治まるどころか増してきた気がする。パソコンの近くに置いたお守りを手に取る。自転車の鍵につけていたのだが、長年持ち歩いていたためか紐《ひも》がちぎれてしまい、そのままにしていたのだった。ひょっとしてこのせいか、事故は。

いや違う、あいつのせいだよ。あの怪しい風体《ふうてい》の、いろいろとんでもない、偽名丸出しの「オワリ」。なのに、思い出すと妙な笑いがこみ上げてくる。だってへんなんだもん、何もかもが。

そうだ、腹減ったし、あいつが置いてった牛丼食ってやろ。また来たら自分本位な文句を言うだろう。聞き出した電話番号だってでたらめかもしれないのに、潮はふしぎと疑っていないのだった。

「オワリ」がまた来ること。また会うこと。

お守りを忘れた「せい」じゃなく、「おかげ」かも、と思うようになるのは、もうすこし後の話。

▼同人誌「空想アルバム」イラスト

デイドリームビリーバー

Day Dream Believer

by Michi Ichiho

「美味しんぼ」の主人公みたいに、
恋人の仲介で父親と和解……はしないんだろうな！
和解したら、パパとしては
「その腹黒い生意気なアナウンサーと別れろ！」
と言わざるを得ない。

お引っ越しがすんで間もなくのことだ。生活はまあまあ順調に回り出していたある日、潮《うしお》が唐突に宣言した。といっても、整い始めた日常の歯車が狂うようなサプライズではなかった。

「ちょっと、映像つくろうと思って」

「つねにつくってんだろ」

「仕事じゃなく、自分のために」

と潮は言う。

「前に言ってただろ？　『ザ・ニュース』のＯＰに出した宇宙人の続きつくってみたいって。そろそろ取りかかりたい」

転居の雑事も、こまごま抱えていた仕事もおおむねけりがついたから、コンテで止まっていた作業に、これからしばらく専念したいらしい。まあそれは好きにすればって話だが。

「仕事じゃないっつう意味が分かんね。どっからもギャラ出ないって意味？」

「別にどこからも頼まれてねえから」

「自分のためにって、何週間もちまちま撮影して編集して、自分だけ見てあー面白いって言って終わり？」

それも潮の自由だが、こう、「いいご身分だな」という感想を禁じ得ない。そういえば知り合いのヘルプにわざわざ渡米《とべい》するようなやつではあった。

「いや、公開はしたい。でも再生数で収入が入ってくるような仕組みにはしたくねえ、っつう話。テレビで使ってもらったキャラクターだから、設楽《したら》さんに相談してみてだけど」

「何だそのめんどくせえこだわりは」

その道で食ってるプロが、個人的な思い入れでつくるからって手を抜くわけじゃないだろうに、儲《もう》けにしたくないというのは仕事および金に対して失礼じゃねーかと計《けい》は思う。白々しい潔癖は嫌いだ。

「誰のためであろうが、軽々しくタダで何かしたら、次から足下《あしもと》見られんぞ」

「そこはちゃんと線引くよ」

潮は答えた。

「今回だけ……これができたらいくらもらって、あれとこれ支払って、ていう気持ちを否定してるわけじゃねえ。打算ってやりがいだからな。でも、そういうのぜんぶ抜きにして、まず自分が楽しみにして、自分に届けたい。評価も効果も気にしない、フラットなとこでつくってみたい」

真剣な顔だった、だから計から言うことはもうなかった。潮が、計の真剣さに口出ししないように。

「で、どんくらいかかんだよ」

「んー……データはあるけど、セットとか作り直しだからな」

内職の日々がよみがえった。まさか、あの膨大《ぼうだい》な泥《どろ》人形をまた一からこね直し？

「完成する頃には無一文になってんじゃねーだろうな！」

「いや大丈夫、前みたいな下準備はいらなくて、まあ……うん、秋ぐらいには何とか？」

「三ヵ月もあるだろ、悠長な」

「でかい仕事入れないだけで、その間単発のバイトはするし。食い詰めたら国江田《くにえだ》さん助けて」

「国江田銀行の利息聞いたらカイジよりざわつくぞ」

「身体で払うよ」

「はい、そのつまんねえ返しで手数料一万円上乗せ」

「国江田さんと違って面白くなくてごめんね？」

「バカにしてんだろ、罰金一万円」

「三日で破産するな。搾取《さくしゅ》すんのは身体だけにしてくれ」

「だからそれ笑えねえつってんだよ！」

「いいんだよ」

向かい合ってビールを飲んでいた、テーブル越しに手を握られた。

「本気で言ってんのに、笑われたら傷つくだろ」

……とかいうたわごとをこそ、笑い飛ばしてやるべきだろうと思う。なのにタイミングとかいい加減見飽きろと自分でも思う加糖《かとう》された笑顔とか、やわらかいのに強い指の力とか、そんなもので計の中にストックされている言葉の弾丸はばらばら弾倉《だんそう》からこぼれ落ちてしまう。急激に熱くなった頭を持て余して唇から出てくるのは「バカじゃねーの」程度のつまらない悪態《あくたい》なのだった。

潮はかすり傷ひとつ負《お》っていない顔で立ち上がる。

「よし、じゃー今夜も張り切って搾取されちゃおうかな」

「おかしいおかしいおかしい」

それでも、手はつないだままだけど。


「おい」

搾取の主体について大いに議論の余地があるスキンシップを終えると、計は息が整うのを待って潮に話しかけた。

「ん？」

「どんなもんつくる気か知らねーけど、前みたいに手伝ってやってもいいぞ」

それから、早口で付け足す。

「でも前と違って俺の過失はゼロだから時給五千円な！」

「それで短縮される時間より、金銭的なロスのほうが遙かにでけーな……」

汗で額《ひたい》に張りついた毛先を指ですくい取り、潮は「自分でやりたいんだ」と言った。大方予想どおりの答えではあった。計も潮のこめかみを雑に手の甲で拭《ぬぐ》い「ほんとめんどくせーやつ」とつぶやく。

「前みたいなのもいいんだけどな。くだらねえこと話しながらちまちま作業してさ。今でも思い出す、楽しかったなあって」

一瞬遠い目をすると、それからまた計を見て「ごめんな」と前髪をかき上げる。

「お前に手伝ってもらった人形、倉庫に移動させるつもりだったんだけど、妙に愛着湧《わ》いて手元に置いといたせいだ」

計は顔をしかめて潮の手を振り払う。

「やめろ、自発的に謝んじゃねえ」

「何でだよ」

「俺の気が向いた時に糾弾《きゅうだん》するからそのタイミングでしおしおすりゃいいんだよ！　んなしんきくせえ反省見せられてもリアクションに困る！」

そう、自分より傷ついたのは潮のはずだから。

「分かった、もう一切気にしない」

潮は急に力強く頷いた。

「誰がそこまで吹っ切っていいっつった？」

疲れて眠くなってきたので潮に背中を向ける。ああ、でもシャワー浴びなきゃ。

「ていうか、前から訊きたかったんだけど、お前、あの当時どういう心境で俺んとこ通ってたの？」

……これから寝ようというのにまた面倒な質問を。計は面倒さを隠そうともせず「忘れた」と投げやりに返した。

「俺は初対面の印象最悪だったけど、ひょっとして一目惚れだった？」

「なわけねーだろが!!　無理やり連行されたんだよこのウズラ頭が！」

「何だよウズラ頭って」

「単なる鳥頭で表現しきれなかった」

「ちゃんと覚えてんじゃん」

もちろん覚えている、今になって思えば、初めて会った日から潮が嘘をついていたのも。

――言っとくけど俺結構執念ぶかいから。

あの言葉を意に介さず逃げ出していたとしても、潮は計を探さなかっただろう。計を必要とせず、痛む腕でひとり作業を進めたはずだ。それはそれで腹立つな。

「知っちゃったら、知らない頃には戻れねーからさ」

潮は言う。

「国江田さんとオワリに、もうちょっと長い間振り回されててもよかったかも」

「勝手に振り回ってただけじゃねーか」

「いやいや、ふたりに弄《もてあそ》ばれて内心大変だったから。でもそれもどきどきして楽しかったなって」

「アホか」

その口調が含む棘《とげ》は潮に届いたらしい。「どした」と背中にくっついてくる。汗でべたべたの肌同士が触れてもほっとするなんて、どうかしている。

「お前はどうせキャラ違いの女ふたりに挟まれてふらふらする、定番の漫画の主人公気取りだったんだろーが」

「いや別に」

「優柔不断で八方美人だけどラッキースケベにも妙に動じない紳士っぷりで不自然にもてていくんだろ?」

「そんなおいしいイベントあったかな……」

「俺は絶対戻りたくねえ」

枕にふかく頭を沈める。おかしな二重生活、表と裏で通う日々には、潮が言うとおり楽しい時ももちろんあった。でも、途中からは駄目だ。あの当時よりずっと、苦しさばかり鮮《あざ》やかになる。ばれたらどうしようという不安、潮を騙《だま》しているという罪悪感、打ち明けたらきっと嫌われるという恐怖。国江田さんの前で愛想《あいそ》のいい潮を見ていると、そりゃそうだ、と自分自身の仕上がりに満足すべきなのに、空《むな》しくて悲しかった。過ぎてしまえば苦さが甘さに変わることも、その逆も、ある。

「計」

「……お前的には、牛もまぐろもどっちもいいなーどうしよっかなー程度のことだったんだろうけど、俺は違う……」

「俺だってまじで悩んだよ」

苦笑が襟足《えりあし》をくすぐった。

「でも、うん……そうだな、たぶん、お前ほどじゃなかったんだろうな。ごめん」

うなじに唇が触れる。

「今がいちばん楽しいよ、いつでも」

背後から繰り返される短いキスは、興奮から冷めきっていない素肌にぷちぷち泡を植えつけるようだった。勘違いすんなよ、と計は精いっぱいつっけんどんに釘《くぎ》を刺した。

「なに？」

「俺のほうが先に好きになったとか俺のほうがより好きだったとか、断じてそういう意味じゃねーからな！」

「分かってる分かってる」

「じゃー何で当たってんだ！」

さっきから、不穏なところに不穏な熱が。

「かわいいからついむらついちゃって」

「自重しろボケ！」

と言ってる側から押しつけてきやがるし。潮は腰に腕を回して身体を密着させると、計の耳たぶを甘噛みした。

「んっ……」

凪《なぎ》に入ろうとしていた神経がまたちいさく波立ち、その波紋に肩を竦《すく》ませる。

「バカ、もう、しないって――」

「うん」

熱い息で計を炙《あぶ》り、「そのままじっとしててな」とささやいた。

「あ」

さっきまで繋がっていた融点《ゆうてん》を掠《かす》め、潮の昂ぶりは、計の閉じられた両脚の真ん中に潜《もぐ》り込んできた。

「や、ばか」

「何もしないから」

真後ろから揺すられ、擦《こす》られる。確かに、能動的にならなくていいんだろう、けど。

「あ、あ……っ」

何もされないから何も感じないでいられるわけはない。いや、じゅうぶんしてるし。あやういところを摩擦され、しなったものが鼻先をすりつけるようにこっちの性器の裏側を刺激してくる。律動を包む脚の皮膚は案外敏感で、潮の脈と欲をはっきり認識できた。指先ほどの幅の会陰《えいん》に触れられるたび、尾《び》てい骨《こつ》がわななく。

「計」

「あぁっ……」

顔が見えないぶん、背中で荒くなっていく潮の呼吸も耳の中を直接撫でる生々しさで、さかりのついた動物にじゃれつかれているような猥雑《わいざつ》さがいっそう計をぞくぞくさせた。

「んっ、あ、っ」

身体を「使われている」感覚がたまらない。ほかの人間にされたらきっと一秒たりとも耐えられないのに、潮となら気持ちがいい。「嫌い」より「好き」のほうがはるかに得体が知れず、手に負えない感情だった。

「ん、や、やっ……」

性器で小刻みにつつかれる性器が、接触感染の様相で同じ情欲を帯びて膨《ふく》らむ。さっきの名残《なごり》なのか新たな先走りなのか判然としない体液がきわどい場所をよごし、疑似《ぎじ》の性交とは思えないぬめった音を立てていた。指先にまでめぐる興奮でどこもかしこも汗ばみ、計の声も潮の吐息もまだ真新しい部屋の空気も、濡れそぼって取り返しがつかないと思う。

「あぁ、あ、っ、あ」

身体の表面になすりつけられる独特のリズムを、身体のなかが覚えている。うんと拡《ひろ》げられ、突かれて快感を味わったのも、その果てにそそがれたのも、たった十五分程度過去のことだ。すぐにうずうず奥から欲しがり始め、みだらな律動に合わせて絞《しぼ》ったりひらいたりするのが自分で分かった。けれど硬直した先端は、むずかる口の、まだ潤《うる》んだ表皮《ひょうひ》をいたずらに滑《すべ》るだけで侵入してはこない。くちばしを開けても開けても餌《えさ》を与えられない雛《ひな》みたいに後ろが忙《せわ》しなく呼吸し、もどかしさが性器にも募《つの》って計はちぎれそうなほど枕を握りしめ、身悶《みもだ》えたい衝動をこらえる。このまま自分で前を慰めたところで、求めている性感とは微妙に違う。

外からじゃなく、内から擦ってほしい、突き上げ、貫《つらぬ》いてほしい。潮以外の身体で——たとえ計自身であろうと——充《み》たされたくないと思わせてほしい。

「動くなよ……もうすぐいくから」

「え」

いってほしくない、いったら終わってしまう、計の外で終わってほしくない。でも脚の間を行き交う膨らみは、鼓動をぐんぐん密に大きくして今にも飽和《ほうわ》を迎えてしまいそうだった。

「……ほら」

「——や、」

やだ、と言おうとした時、潮はいきなり計の片脚を持ち上げ、通り過ぎるばかりだった交合の接点に昂《たか》ぶりを押しつけた。

「ああっ……!!」

突然の、ねじ込む挿入にもそこは怯《おび》えなかった。火を吹き込まれてとろけるガラスみたいに柔軟に潮を受け容《い》れ、ふかいところまで味わおうとねっとり吸着する。

「いや、ぁ、や、だめ……」

へなへなと身体じゅうの骨がなだれ、射精というよりはなすすべなく流れ出すような吐精に追いやられる。くわえ込んだ後ろは性感でじんじん腫《は》れぼったく、わずかな身じろぎでもみっともないほど感じた。

「あっ、あ、あ、や、ばか、うそつき……っ」

「何で」

膝の裏に指を食い込ませて下肢《かし》を揺すりながら潮が言う。

「言ったじゃん、『もうすぐいく』って」

完全にミスリード狙ってるじゃねーか、いやそれ以前に。

「さっき、しない、って——あ、あっ……や」

「そのつもりだったんだけど」

「ん、やだ、そこっ」

「かするたんびにきゅうってなるから、こりゃもう完全に誘われてんなと思って」

「な、わけあるかっ……」

「ありありだよ」

潮は計の身体をぐっと抱き込み、持ち上げている脚で自分の腰をまたがせて性交をふかくした。

「や、あぁ……っ！」

「そんな動いてねーのにまとわりついてくるし。自覚あるよな?」

前に回った手が乳首を探ると、ただでさえ狭い器官はひどく締まり、突起を苛《さいな》む指の動きに呼応《こおう》して喘《あえ》いだ。

「あっ、や、いや……」

「計、キスして」

甘えられるまま、首をねじって潮の唇を貪《むさぼ》りにいく。下半身が動きづらいぶん、旺盛《おうせい》に舌を突っ込んで、吸って、しゃぶった。体勢の苦しさはむしろ欲望に拍車をかける。歯がぶつかった瞬間に火花が立って発火するんじゃないかと、恍惚《こうこつ》の中で思った。

「ん、んんっ……あ、あぁ——潮」

「ん？」

「……バイトって、何する気」

「え、別に、都合ついて短期なら何でも。どした？」

計は、潮の手をぎゅっと上から握った。

「また、キャバやったら、ころす……」

「なになに、もっぺん言って、聞こえなかった」

「うそつけ！」

「いやめっちゃ小声だったし」

と、顔じゅうで笑って計の頬に軽くくちづける。

「お前、かわいいな」

「うるせえ死ね」

悪態《あくたい》も笑顔に弾《はじ》かれるのか、潮にはまるで聞こえていないみたいだった。

「……するわけねーだろ。お前が心配するようなことはしないって約束する」

「信じねーし」

だってずっと疑っていたら、ずっと証明し続けてくれるから。潮の愛情を、潮のいちばんを、潮の大切を。

「……いかせてな、今度こそ」

「んっ……！」

嵌《は》まった興奮が抜けてしまわないよう、小刻みな出し入れが繰り返される。精液を帯びた粘膜《ねんまく》は潮の雄を啜《すす》って聞くに堪《た》えない卑猥《ひわい》な音を引っきりなしに立てた。耳にいたたまれない羞恥《しゅうち》も、性器を扱《しご》かれれば快感に負けてうすらいでしまう。

「や！　……あ、あれもこれも、すんなっ」

「バカ」

耳の裏を舌でなぞり上げながら、潮がささやく。

「物理的に手が足りねーから、これでも我慢してんだよ」

「あ、っや、あ、あ……っ！」

「ん、きつい、いい……」

互いの身体であられもなく感じ合い、高まっていく。与える発情も与えられる発情も、区別なく心を満たしていく。

「あ、ああっ……！」

計の内部は、まるでそういう仕組みの生き物みたいに潮の精液を吸い上げ、そして性感を剝《む》き出した先端が、白濁《はくだく》を放出する。瞬間、五感から世界のすべてが消え失せる。その空白も、直後の充足も誤差なく半分ずつ分け合うと、跳ねる呼吸をなだめようともせず、飽かず唇を重ねて夜を堪能《たんのう》した。

新聞紙は曇《くも》り空に、活字の連《つら》なりは雨粒に見えてくるような梅雨《つゆ》の最中だった。会社で夕刊を一気読みしていると、「恭進《きょうしん》・江波《えば》代表体調不良で入院」という見出しが目に入り、雨粒は急に言葉としての意味を取り戻す。都内での講演会を終えた後体調を崩し、咳《せき》と発熱で病院へ運ばれた。軽い肺炎と思われるが大事を取ってしばらく入院する予定……重症ではなさそうなものの、年が年だけにちょっと気になった。

江波じいとは、潮の実家騒動以来顔を合わせていない。協力を依頼した見返りは「感謝するだけ」だと宣言したし、向こうも事情を説明しろなんて思っちゃいないだろう。江波じいは江波じいで、大人になった潮に会えたのが何より嬉しかったに違いない、だからむしろ老人孝行をしてやったくらいの気持ちではある、が。

計は席を立ち、設楽のもとに向かった。

「江波先生の件なんですが」

「ああ、入院したんだってね」

「はい……あの、お見舞いに伺ってもいいでしょうか」

「国江田が？」

「はい」

「ん〜」

設楽は目を閉じて腕組みした。

「あれでも、って言ったら失礼だけど、れっきとした国政政党のトップだしなあ、また出馬《しゅつば》だなんだって騒がれるんじゃない？」

「それはそうなんですが……」

アナ部の部長に打診《だしん》してもまずOKは出ない、こっそり行くのもばれた時のリスクが高い、だからまだ望みがありそうな設楽に訊いてみたのだが「お勧《すす》めはしないな」という消極的な回答、要は局としてNGということだ。

「君はアナウンサーだから。会社員だけど会社員じゃない。そんなのは国江田がいちばんよく分かってるだろうけど」

「はい」

やっぱ駄目か。まあ、BSのレギュラーは継続中だし、退院すればまた局でしれっと会えるかもしれない。計は「分かりました」と答えた。

「行きたい？」

「え？」

設楽がじっと計を見る。でも、こちらの心中を探ってくる目つきではなかった。

「江波氏の見舞いに、国江田が行きたいの？」

「はい」

ためらわず頷いた。

「そっか。じゃあ、ちょっとこの件俺に預けてくれる？　手こずってる間に退院しちゃったらごめんだけど」

「ありがとうございます。よろしくお願いします」

「お礼は俺がうまくやってからにして……あ、そうだ、政治家で思い出した。まだ先の話だけど一応伝えとくね。今度、若宮《わかみや》総務大臣、うちに出演してもらうことになったから」

不意打ちすぎる名前に、常識内での驚きしか表さなかった自分の表情筋を褒《ほ》め称《たた》えたい。「そうなんですか」と穏やかに答えた声帯にも。

「まだ日程はフィックスじゃないけど、九月か十月で調整中。先方が臨時国会前を希望するなら九月中かな」

「そのタイミングは、何か意味があるんですか？」

「いや、就任《しゅうにん》の時からずっとオファーはしてたんだけど、まあなかなか多忙で時間が取れないって言われてて。でもそろそろ落ち着いたみたいだね。来年、うちが開局六十周年だろ？　その事業の一環で、今後のテレビ業界のあり方とか、事前に質問いくつか用意して麻生《あそう》とやり取りしてもらうかたちで考えてる」

ということは、国江田アナの絡《から》みシロはないと考えてよさそうだ。それにしたって断れよ、と思ったが。また何か企《たくら》んでる……ないな、たぶん。策《さく》を弄《ろう》するなら、計のホームにわざわざ出向かずともやりようはあるだろう。カメラの前でなら自分のほうがうまく立ち回れるという自信があるので、面倒だとは思ったが、怖《お》じ気《け》づいたりはしなかった。


「江波じい、入院したってよ」

「え、まじで?」

その晩、帰宅して潮に教えると、びっくりしていた。

「一応、うちのニュースでもやったぞ」

「作業しながらだから聞き逃《のが》してた。病院近い? 見舞い行っても大丈夫かな」

「アポなしは駄目だろ」

「連絡先知らねーし……政党の事務局とかに伝言頼めばいいのか」

「……もし病院でお前んとこの親父と鉢合《はちあ》わせたらどうする?」

潮はちょっと視線を上にやって考えたが、すぐ「別に」と答えた。

「どうもしねえ、つかしようがねえだろ。向こうもＳＰやら引き連れてんだろうし、ふつーにすれ違うだけ」

偽《いつわ》りや無理は見えなかったのでほっとした。むしろ葛藤《かっとう》が必要なのかもしれないが、それでも、潮の気が楽なほうがいいと計は思う。

「……ていうか、そっか、江波のじいちゃんか……」

なぜかいきなり心ここにあらずの口調になったので、計はつい「おい、まだ生きてるぞ、軽い肺炎だぞ」と突っ込んだ。

「あ、うん、そーだな」

何だ、唐突にぼんやりしやがって。眉をひそめたのにも気づくようすなく、口の中で独り言を転がしている。ありかも、とか、いいな、とか。会話がひと段落した途端、作業の続きに頭が持っていかれたのかもしれない。江波じいの話の流れで、若宮大臣が「ザ・ニュース」に出演する件も一応言っておくつもりだったのに、潮がそんなだから、機会を逃《のが》してしまった。


国江田アナの見舞い問題は、一週間後に設楽からＯＫが出て、実際病院に出向いたのは十日後だった。局内でどういう調整をしてくれたのか分からないが、行く日時を指定されて菓子折まで託《たく》された。

――江波氏が出てるＢＳの「政治放談」からのお見舞いね。日中、わりと自由に動ける国江田がお使いするってことで。

――僕、「政治放談」と何の関係もないんですが。

――MCの工藤《くどう》、新人研修の教官についてもらっただろ？　あいつが番組Pも一緒に海外ロケ中で見舞いに行けないから、代理だよ。まあぶっちゃけ理屈なんかどうでもいいんだ、どっかから突っ込まれたら何とでも説明するから、国江田も、万が一何か訊かれたら上からの指示ですって言えばいいよ。

病室の前のネームプレートを見ると、「江波惣元《そうげん》」のほかに三人入院しているらしい。国会議員かつ（一応）党首なのに、つつましいことだ。かたちばかりのノックをして「おはようございます」と引き戸を開ける。

四人部屋の窓側のベッドにじいさまはいた。カーテンが開けっ放しだからすぐに分かった。上体を起こして腕組みし、じっと目を閉じている。近づくと、両耳に挿《さ》さったイヤホンから音楽が漏れていた。定番の名曲、の日本語カバーバージョン。

「おっ？」

目を開けて計に気づくと、イヤホンを引っこ抜き、開口一番「酒は？」と尋ねた。

「ゼリーならお持ちしました」

「ちっ」

「冷蔵庫にお入れしましょうか」

「いや、じきに女房が来るからそのへんに置いといてくれ」

「はい」

備えつけのミニテーブルに見舞い品の紙袋を置き「ご無沙汰《ぶさた》しておりました」と頭を下げる。

「まったくだ」

「お元気そうで何よりです」

「俺が入院したってニュース、旭《あさひ》テレビは三十秒ぐらいで一回流しただけだったな。薄情なもんだ」

「二十五秒です」

本当の素《す》を見せるところまではいかないが、ふだんほど取《と》り繕《つくろ》う必要もない相手だからさくっと訂正した。

「もっと悪い」

「同室の方、皆さんお出かけですか。先生しかいらっしゃらないようですが」

「ああ、若い男ばっかりなんだが、そろいもそろって無党派で選挙も行かんちゅうから、政治参加の重要性を毎日説《と》いてやっとったら逃げ回るようになったな」

個室に隔離《かくり》しろよ。

「そういえば、きのうは誉《ほまれ》のせがれが来たぞ」

どうやら、潮もちゃんとコンタクトを取って会いに来ていたようだ。計は「へえ」と受け流す。

「昔は母親のほうに似とると思ったが、いつの間にか誉に似てきたな」

嬉しくねーな。

「性格は……性格もちょっと似てるか。マイペースっちゅうかな」

「何か失礼でも？」

いやいや、と江波は苦笑してかぶりを振った。

「こっちの話だ。それより、わざわざご苦労だったな。『政治放談』の連中にもよろしく言っといてくれ。来週には退院できそうだ」

「相部屋の皆さんにも朗報《ろうほう》ですね」

「やかましい、とっとと帰れ！」

しっしっ、と手で払われたが、無用に人目に触れないよう、計を気遣ってのことだと分かっている。

「はい、それでは失礼します」

「いや、ちょっと待て」

ドアの前で呼び止められる。

「何でしょう」

「……俺はな、今でも、お前が政治家になるって、悪い話じゃないと思っとる」

計はにこやかに「ありがとうございます」と返した。

「ですが、器《うつわ》ではありません」

「ご謙遜《けんそん》だな」

「逆です」

「は？」

「僕が、政治家程度の器じゃないという意味です――どうぞお大事に」

ひらひら手を振って病室を後にすると、「若造が舐《な》めやがって！」と憤慨《ふんがい》する声が聞こえた。病院内ではお静かに。


梅雨が明けて夏が訪れ、いちいち進捗《しんちょく》を訊いたりしないが、潮は「自分のために」打ち込んでいるようだった。でも、不眠不休で没頭《ぼっとう》しているわけではなく、見たところむしろ意識的にクールダウンを挟んでいる。手を動かしたいけどテンションのままに仕上げてしまいたくはない、という慎重さは、真剣さの証《あかし》だろう。無事完成した暁《あかつき》には自分へのご褒美《ほうび》に前から欲しかったハンモックを買って取りつけるらしい。

――せっかくベッド買ったけど、国江田さんのせいで使えてねーし。

――言いがかりも大概《たいがい》にしとけよ！

七月末には潮いわく「単発のバイト」が入り、何のことはない、「ザ・ニュース」の泊まりロケだった。無事にＶＴＲが放送されると、設楽から食事の誘いがあった。

——ロケの打ち上げと、いい画撮《え》ってくれた潮くんへのお礼かねて、三人でどう？

——いいですね、ぜひ。

いや俺を面子《メンツ》に入れんなよ、と思ったが、江波の件で借りもあるし、そう快諾《かいだく》せざるを得ない。

ちょうど盆《ぼん》の時期、スマート寄りぎりぎりカジュアルな個室の中華料理屋で円卓《えんたく》を囲んだ。

「この三人で飲むのって、あれ以来だよね。『ザ・ニュース』始まる前だから……約二年半ぶり？

時間が経《た》つのは早いなー」

厳密《げんみつ》には「この三人」じゃない。だってあの時、潮はまだ国江田さんの正体を知らなかった。だから、何かこう、甘酸《あまず》っぱい雰囲気で……いやいや思い出さなくていいから。クラッシュアイスを山盛りにした紹興酒《しょうこうしゅ》に口をつけて自分を落ち着かせる。

「国江田はだいぶ変わったよね」

「えっ」

また動揺を誘う発言を。計は「自分ではよく分かりません」ととぼけておいた。

「成長が見られるという意味でなら、もちろん嬉しいですが」

「成長は常にしてるけど……ま、端的《たんてき》に言うと『面白くなった』って感じかな。いいとか悪いとか
じゃなくて、俺は今の国江田のほうが好き」

「ありがとうございます」

「あ、俺も俺も」

おめーはかぶせてくんじゃねえよ平常心さんが汗をかき始めるんだよ。無言のまま、美形にしか許されない「曖昧《あいまい》なほほ笑み返し」でごまかす。

「そういえば潮くん、動画づくり進んでる？」

設楽が、潮に水を向けたのでほっとした。長いつるつるの箸《はし》で、万が一にも粗相《そそう》などないよう慎重にあわびのオイスターソース煮を持ち上げる。

「まあまあ」

「前に相談してくれた件を俺なりに検討してたんだけど、それさ、できあがったらうちで引き取るっていうのはどう？」

「え？」

「もちろん、タダで使わせてって意味じゃない。旭テレビの動画チャンネルで公開して、事業部がやってる社会貢献《こうけん》プロジェクトの一環として、一再生につき一円、うちが募金する。だから当然、都築くんには一円も入らない。でもたくさんの人の目に触れるきっかけになるし、そこに付加価値も生まれるし、動画から『ザ・ニュース』に興味持ってもらえるかもしれないし、結構いいアイデアだと思うんだけど。どう？　そんな大ごとにはしたくない？」

潮は驚いた顔のますこし固まっていたが、「いや」とゆっくりかぶりを振った。

「そんなふうに考えてくれて、ありがとうございます。そうしてもらえたら嬉しい。よろしくお願いします」

「よし、こちらこそ。各部署に話通して動いてもらうよ……でも、あれだね、潮くんもちょっと変わったのかな。何がっていうわけじゃないけど、送ってもらった絵コンテ見た時に思った」

するとまた、潮はしばし黙る。一方計は、潮の目の前にある釜焼《かまや》きチャーシューが気になって仕方がない。テーブル回せよ。

「……敢えて言うなら、心構え、かな」

「ほう」

「心構えつったら大げさだけど、気持ちっていうか……初めて、見てもらいたいって思ってる」

「誰に？」

「家族」

潮がはっきりと言った。そしてらしくもなく、そろそろと言葉を選びながら話す。祖母も健在《けんざい》だが、頭の中に思い浮かべているのはそっちじゃないのだろう。

「今まではむしろ見んじゃねえぐらいの気持ちだったけど、まあ、そういう心境で。それで何か感じてほしいとか言ってほしいとかはなくて――うーん、名刺をつくるって感じ？　こういう仕事やってますって相手に渡して、ああそう、終了、みたいな。名刺代わりかな。でも実際には渡せなくていい。ネットに上げるって、名刺ばらまくようなもんだから、それで気がすむ」

「なるほど」

江波じいが多くを訊かないように、設楽も何も言わない。「君の名刺、楽しみにしてる」と笑ってグラスを持ち上げただけだった。

店を出て、設楽を乗せたタクシーが間違いなく角を曲がって見えなくなるのを確認してから、潮と並んで歩き出す。

「焼き鳥買って帰る？」

「いい……てか」

人通りがあるので、計はうつむいて極力小声でしゃべった。

「うん？」

「お前、あんなこと考えてたのか」

「考えてた、つーか、考えてたのが自分で分かったって感じ。『何となく』を突き詰めないからさ、変わったたって言われて初めて考えた」

「……ふーん」

「拗《す》ねんなよ」

スーツの袖口《そでぐち》のボタンに引っかけるように、潮が指で触れた。土曜日だが、計は昼間仕事が入っていたし、くそ暑かろうとフォーマルで武装しているほうが外では気楽だった。潮は、襟《えり》ぐりの浅くて広いリネンの七分袖《しちぶそで》Tシャツとジーンズ、前の会食時と全然違う。

「拗ねてねーよ」

計も、潮の手首の外側の骨に自分の指を引っかけてみたかったが、ぐっとこらえて「やっぱり焼き鳥いる」と言った。

九月の上旬、夜明け前だった。

「できた」

潮が、眠っていた計を揺さぶった。計は文句を言わず起き上がり、床にぺたりと裸足《はだし》をつける。昼間は釜茹《ゆ》でにされるような残暑だが、この時間のフローリングはすこしひんやりしていた。

「ここで見よう」

部屋は暗いまま、隣同士をつなぐ出入り口の前にロールスクリーンを下ろし、プロジェクターで映像を投影する。小学校の時、体育館であった映画鑑賞会みたいにふたりで床に座ってそれを見た。一度だけじゃなく、何度も見た。計は何も言わなかった。潮が言葉を必要としていないのが分かったから。ただ、あぐらをかいた潮の膝の上で手をつないでいた。

繰り返し繰り返し、短い動画をリピートするうちに表が明るくなってきて、スクリーンの中の世界がすこし褪《あ》せた。もうすこしすれば、運河が朝陽《あさひ》でいちめん鏡のように光り出す。もう何度目か分からない、この家での朝が訪れようとしていた。

設楽の携帯が鳴る。

「はい、ああ、そうですか——いえ、これぱっかりは仕方ありませんから。ぎりぎりまでお待ちしておりますので、何とかたどり着いてくださいと……ええ、よろしくお願いいたします」

通話を切ると「大臣、渋滞に捕まってるらしい」と誰にともなく言った。すでに遅れている状態なので、誰も改めて驚きはしなかった。午後九時には局入りの予定だったのに、党内の会合が押したとかで現在午後九時四十五分、本人が出演するのは十時半くらいの予定だが、このままだと何の打ち合わせもできそうにない。今さら白々しくご挨拶《あいさつ》などするのは気が進まなかったし、ギリでお越し頂いてすぐにお引き取り願うほうが、計にとっては好都合だが。

「えーどうします、最終的に来られない可能性もあるんですよね？」

オンエアDが眉をひそめる。

「もし遅れそうならスポーツと順番入れ替えますか？」

「Vとかいけそう？」

「火噴くでしょうけど、何とか」

「じゃあそうして。それでも間に合わなきゃ、枠《わく》十分取ってるから……夕方ニュースでやってた大麻《たいま》の事件と、猫の連続毒殺。あれ流そう。Vはリピートでいい。お天気はプラス一分、フラッシュニュースは三本新たに積む……でいこう。もちろん、滑《すべ》り込《こ》みでも大臣が間に合えばそっち優先だから、直前のＣＭで判断する」

「はい」

スタジオにいたスタッフがいつも以上に慌ただしく動き出す。

「国江田、枠差し替えになったら普通にニュース読んでもらうからよろしく」

「分かりました」

誰が来ようが来るまいが、基本的には関係ない。計はただ、国江田計の仕事を果たすだけだ。でもきょう、あの男が間に合わなければ、ちっ、と思うだろう。バカ親父が、と。埋め合わせ用の原稿を受け取って目を通し、何度か下読みをしているうちにスタンバイの時間を迎え、スタジオの片隅のそっけない長机を離れて、ライトの下にセッティングされたテレビ用のテーブルに移る。きょうはここで、何が起こるんだろう。


十時二十分頃、スタジオの扉が開いた。スタッフでも演者《えんじゃ》でもない人間が入ってくる気配は見る前から分かる。「外の世界」の空気と、音だけではないざわめきを連れてくるから。コメンテーターの評論に相づちを打ちながら、計は視界の端に潮の父親を捉える。どうやら間に合ったらしい。一見してものものしいＳＰと秘書の西條《さいじょう》、ほかにも何人か引き連れていた。何しろ時間がないので音声がピンマイクをつけ、同時にヘアメイクが乱れてもいない髪にせかせか櫛《くし》を通す。

「――ＣＭの後は、本日の特別ゲスト、若宮総務大臣をお迎えして、テレビというメディアのこれからなどについてたっぷり伺いたいと思います」

そこでスタジオは、ほんの数分、放送という檻《おり》から解放される。

「ＣＭでーす！」

「若宮大臣入られまーす！」

「よろしくお願いしまーす！」

ＡＤのアテンドで用意された椅子に座ると、潮の父は麻生に向かって「遅れて申し訳ありません」と軽く頭を下げた。

「とんでもない。お忙しいところありがとうございます。ほとんどぶっつけになりますが、事前にお伝えした要素でお話しいただければ大丈夫ですので。答えにくい部分はご自由にごまかしてください」

「そのほうが却《かえ》って怖いな」

最初に見た時と同じ、にこやかで偉ぶらない、ソフトな若宮大臣だった。この貌《かお》がまるっきり嘘だとは思わないが、全人格のうちどの程度の割合なんだろうとは思う。もっともそんなの、自分に置き換えたって答えなんか出やしない。場面場面で求められる自分になって、潮の前でだけは一〇〇％自由でいられる。今のあんたにそういう誰かはいるのか、と知りたいような、知りたくないような。

ＣＭが終わるとコーナーが始まり、短いＶＴＲを差し挟んで麻生とのかけ合いが進む。滑り込みでやってきたとは思えないほど流暢《りゅうちょう》なのに、段取りくさい不自然さが皆無《かいむ》だった。放送の自由と倫理《りんり》の兼ね合いについて。災害報道の活用法について。各種速報の取り扱いについて。このふたりがまともに対面してしゃべるのはきょうが初めてのはずだが、互いの達者さがうまく嚙み合って、客観的に見てもいいインタビューだと思った。

「さて、ネット時代のテレビの役割について触れたところで、手前味噌《てまえみそ》で恐縮ですが、ちょっとこちらの動画をご覧下さい」

麻生のふりでVTRが走り出す。

軽やかなピアノの調べに合わせ、潮が作った、人形の宇宙人が出てくる。宇宙船に乗って遠い旅の果て、新しい星を見つける。ふたりで家を建てる。藁《わら》の家は風に飛ばされ、木の家は燃え、石の家は水に流された。ふたりは何度も何度も失う。でも、また顔を見合わせて手をつなぐと、いちから新しいおうちをつくり始める。その繰り返しだった。

バックには、すこし掠《かす》れて渋い、鼻歌みたいな気取らない歌声が流れている――「デイ・ドリーム・ビリーバー」。

意味もテーマもない、と昔潮は言った。だからこの映像が何なのか、計には分からない。かたちあるものは壊れると言いたいのか、壊れてもやり直せると言いたいのか、人は進歩し続ける生き物と言いたいのか。どれでも、何でもいい。これは潮の名刺だということ、若宮誉がモニターから目を逸《そ》らさずに一分半それを見続けていたこと、だけで十分だ。

「いかがでしたか、若宮大臣」

麻生から話を振られると、大臣は「いや……」と言葉を濁《にご》して苦笑した。

「まず、歌声にものすごく聞き覚えがあったのでびっくりしました」

「ああ、お気づきでしたか。実は、歌っているのは恭進党の江波代表です。映像の作者が、イメージにぴったりということで依頼したそうなんですが、確かに、ふしぎとよくマッチしていると私も思いました」

「こんなちいさな声が出せるんならふだんもお願いしたいですね」

とスタジオの笑いを誘ってから、「あの曲は、英語の原詞《げんし》のほうが好きですが」と言う。

「お金がなくても楽しく暮らそう、という若いカップルの歌だったと記憶しています。日本語のカバーは、別れた歌になっているので寂しくはないでしょうか」

「母親です」

計が口を開いた。初めて、潮の父と目がまともに合った。視線を外さずに続ける。

「日本語バージョンは、死別したお母さんへの想いを歌っているんです。だから『彼女』とは、母親のことです」

驚きの色は、演技なのかそうでないのか。

「……それは知らなかった、勉強になりました。どうもありがとう」

穏やかにそう答え、計から目を離した。締めくくりのコメントは国江田アナの担当だ。

「ただいまの映像のフルバージョンは、旭テレビのサイトから見ることができます。一再生につき一円が旭テレビから日本赤十字社に募金されます。テレビの前の皆さまもどうぞご覧下さい。弊社《へいしゃ》では、今後もネットなどを活用してこうした事業に取り組んでまいります。若宮大臣、本日はどうもありがとうございました」

若宮大臣は立ち上がり、一礼してスタジオからはけていった。映像の作者に気づいたのかどうかは定かでないが、その背中に、計は思う。

あんたの知らねーことなんかいっぱいあるよ。

かつて「彼女」と暮らしていた家に、今は計と潮がいること。壁の手形がまだ残っていること。

「彼女」の息子が、今がいちばん楽しいと、笑って生きていること。

俺が愛してやってるからな。

家に帰ると、潮はふだんどおりだった。

「ふるさと納税《のうぜい》でえびもらったけど、食う？」

「食う」

丸ごと塩茹《しおゆ》でにした伊勢《いせ》えびに、レモンマヨネーズをつけて食べた。ぱつぱつに白い身にぶちぶち歯を立てる。

「計」

「何だよ」

「ありがとう」

「別に」

潮のために奔走《ほんそう》した、というようなことはない。せっかくだからインタビューに絡《から》めて募金の告知をしてみては、とさりげなく提案したら通っただけの話だ。だからその話はそれっきりで、えびを食べながらビールを飲んで、夜を過ごす。

すべてが夢だったら、と時々思わないでもない。本当は誰にも出会っていないままの国江田さんがひとりで見ている夢。覚めたら甘い追憶なんて抱《いだ》けず、空しく悲しいだけの夢。

でも、目の前の潮が、現実をくれる。眼差しで、笑顔で、缶ビールの水滴をつけた指先で、「頭と殻《から》で出汁《だし》取って、あしたはラーメンにしよう」なんて言葉で。

ひょっとすると現実じゃなくて終わらない夢かもしれない。どっちでもいい。終わらない、と計に信じさせてくれれば。

計が信じさせてやれれば。

永い夢でも悪くはない。

設定ラフ画公開［計］

設定ラフ画公開［潮］

初出一覧

熱帯ベッド：小説ディアプラス2013年ナツ号全員サービスペーパー

きょうのできごと：小説ディアプラス50号記念全員サービスプチ文庫（2013年）掲載のものを加筆修正

This little light of mine：ドラマCD「イエスかノーか半分か」ブックレット（ケイブックス／2014年）

なんにもいらない：同人誌「なんにもいらない」（2014年）

ぼくの太陽：同人誌「ぼくの太陽」（2015年）

その他掌篇：各話文末に記載

はつなつの星座：「おうちのありか」アニメイト購入特典小冊子（2016年）

bress you：同人誌「空想アルバム」（T2*magic発行／2016年）

デイドリームビリーバー：書き下ろし

＊この作品は小社発行のディアプラス文庫「イエスかノーか半分か」（2014年）、
「世界のまんなか」（2015年）、「おうちのありか」（2016年）の番外続篇です。

一穂ミチ【いちほ・みち】
1月生まれ。山羊座・A型。小説家。
主なBL作品に「雪よ林檎の香のごとく」「イエスかノーか半分か」(新書館)、
一般文芸作品に「スモールワールズ」「パラソルでパラシュート」(講談社)がある。

竹美家らら【たけみや・らら】
漫画家・イラストレーター。
主なイラスト作品に「雪よ林檎の香のごとく」「イエスかノーか半分か」
(ともに一穂ミチ著/新書館)がある。

この本を読んでのご意見、ご感想などをお寄せください。
一穂ミチ先生・竹美家らら先生へのはげましのおたよりもお待ちしております。

〒113-0024 東京都文京区西片2-19-18 新書館
【編集部へのご意見・ご感想】小説ディアプラス編集部
【先生方へのおたより】小説ディアプラス編集部気付 ○○先生

OFF AIR
イエスかノーか半分か

[著者]
一穂ミチ

[初版発行] 2017年9月10日
[第3刷] 2022年1月30日

[発行所]
株式会社新書館
【編集】〒113-0024 東京都文京区西片2-19-18 電話(03)3811-2631
【営業】〒174-0043 東京都板橋区坂下1-22-14 電話(03)5970-3840
【URL】https://www.shinshokan.co.jp/

[印刷・製本]
株式会社 光邦

ISBN978-4-403-22115-6

一穂ミチファンブック
Long hello
MICHI ICHIHO FAN BOOK
michi ichiho's
the 10th anniversary
special fan book
デビュー10周年を記念したスペシャル・ファンブック。
収録内容
● 書き下ろし小説［人気投票上位11作品］
● 単行本未収録小説再録
● キャラクター人気投票結果発表
● コミカライズ［二宮悦巳］
● 単行本未収録イラスト・ラフ画公開
● ロングインタビュー
● お祝いゲストコメント
［青石ももこ・オオヒラヨウ・金ひかる・楢崎ねねこ・安西リカ・月村奎・三浦しをん・夕映月子］
● 全作品コンプリートガイド
● 100の質問 ………その他企画ページ満載♥
好評発売中
カバーイラスト：竹美家らら
定価1430円（税込）
四六判
一穂ミチ